歴春ふくしま文庫㉙

# ふくしまと文豪たち

―鷗外、漱石、鏡花、賢治、ほか―

▲福島市弁天山と阿武隈川絵葉書（大正初期頃）

▲「安寿と厨子王物語由来の地」碑

▲二本松市亀谷坂

◀亀谷坂の幸田露伴句碑

泉鏡花「黒髪」(「龍膽と撫子」▶
前半部初出）の水島爾保布挿絵

▼泉鏡花
『りんだうとなでしこ』扉絵

▼飯坂温泉の赤川に架かっていた新十綱橋絵葉書（大正後期頃）

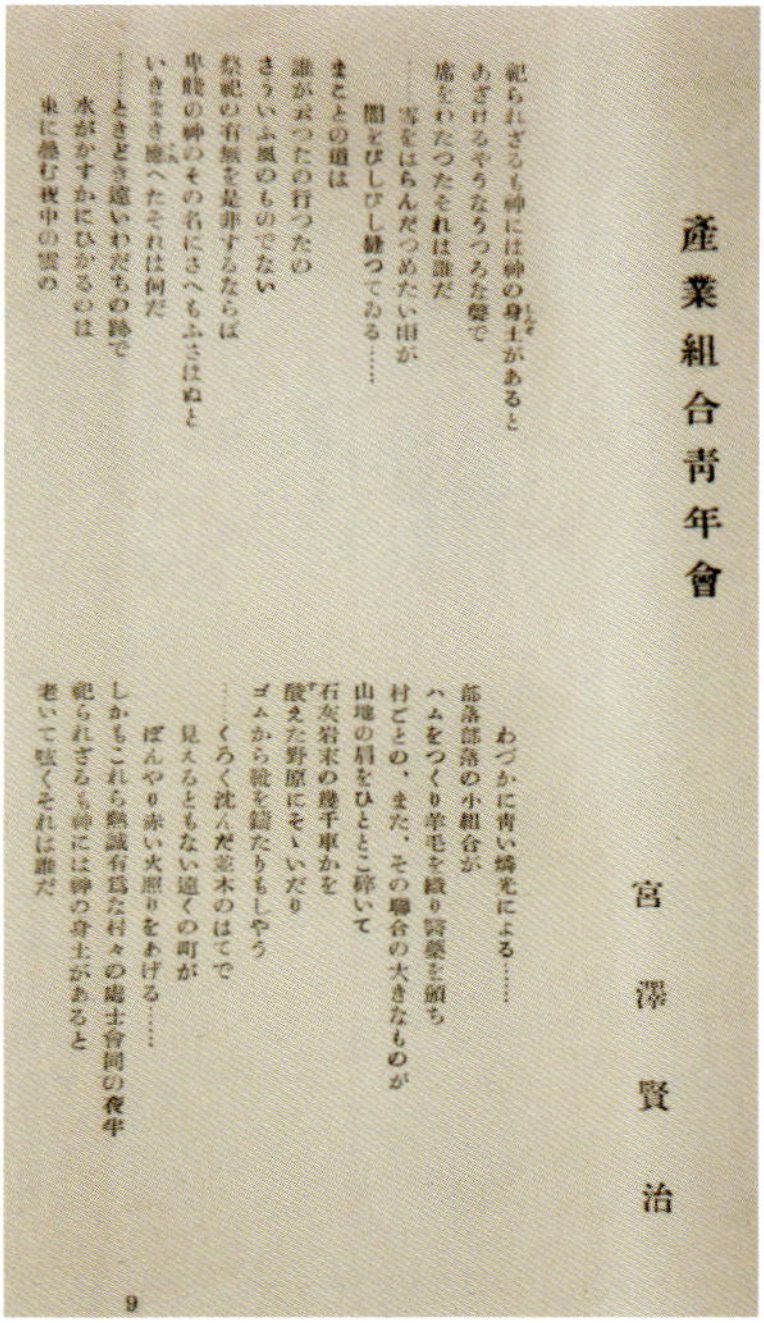
# 産業組合青年會

宮澤賢治

祀られざるも神には神の身土《しんど》があると
あざけるやうなうつろな聲で
席をわたつたそれは誰だ
……雪をはらんだつめたい雨が
　闇をぴしぴし縫つてゐる……
まことの道は
誰が云つたの行つたの
さういふ風のものでない
祭祀の有無を是非するならば
卑賤の神のその名にさへもふさはぬと
いきまき應へたそれは何だ
……ときどき遠いわだちの跡で
　水がかすかにひかるのは
東に畳む夜中の雲の
　わづかに青い燐光による……
部落部落の小組合が
ハムをつくり羊毛を織り醫藥を頒ち
村ごとの、また、その聯合の大きなものが
山地の肩をひとところ砕いて
石灰岩末の幾千車かを
酸えた野原にそゝいだり
ゴムから靴を鑄たりもしやう
……くろく沈んだ並木のはてで
　見えるともない遠くの町が
　ぼんやり赤い火照りをあげる……
しかもこれら熱誠有爲な村々の處士會同の夜半
祀られざるも神には神の身土があると
老いて呟くそれは誰だ

9

▲『北方詩人』掲載「産業組合青年会」

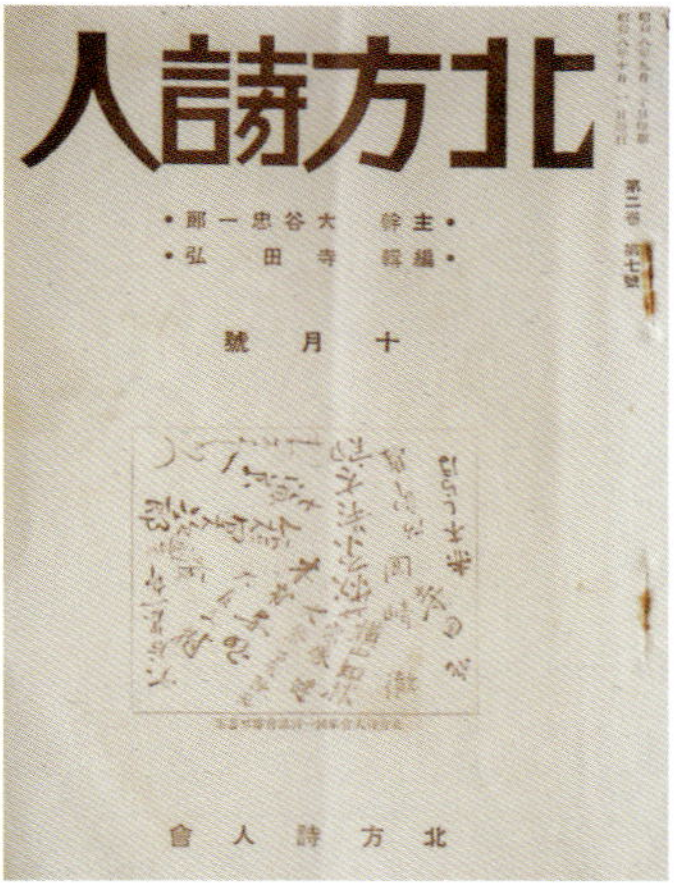

▲宮沢賢治の最後の詩が掲載された『北方詩人』

▲宮沢賢治童話集『注文の多い料理店』

▲宮沢賢治の詩が掲載された『銅鑼』４号と12号（いわきで発行）

▲水野仙子の投稿作品掲載
『女子文壇懸賞文集』
（女子文壇社　明治39）

▲少女の頃の水野仙子

▲水野仙子の小説掲載
『二十二篇』
（東雲堂書店　明治43）
扉絵

岸田劉生装幀『水野仙子集』▶

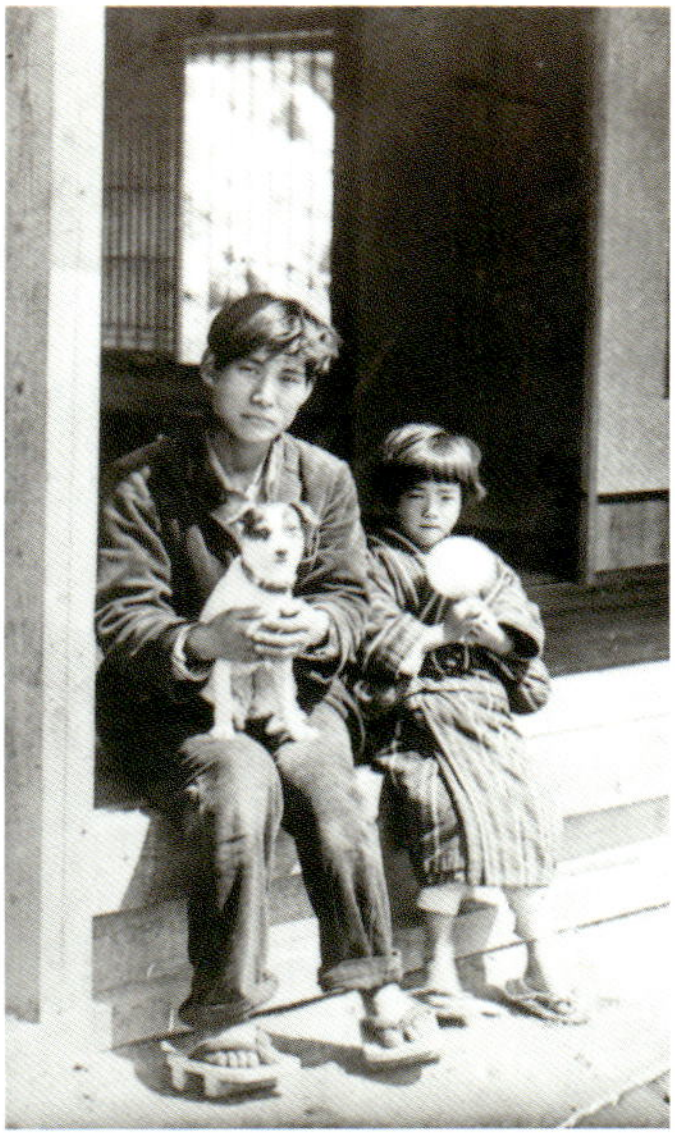

▲斎藤利雄

斎藤利雄「橋のある風景」▶
が載った『地方人』

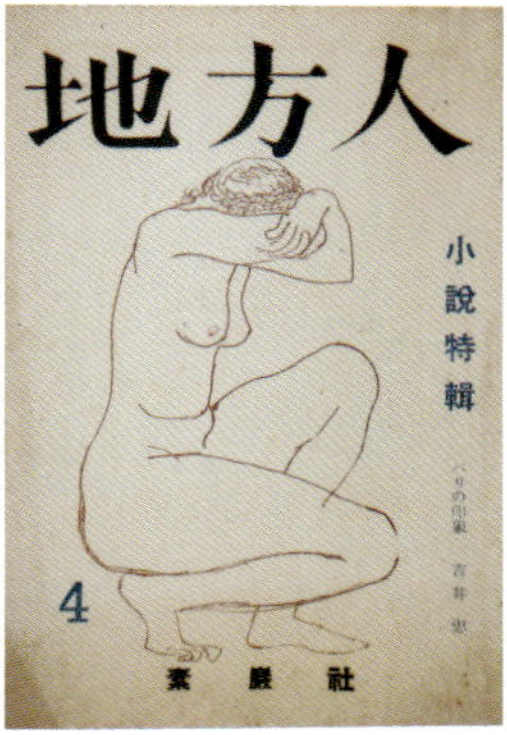


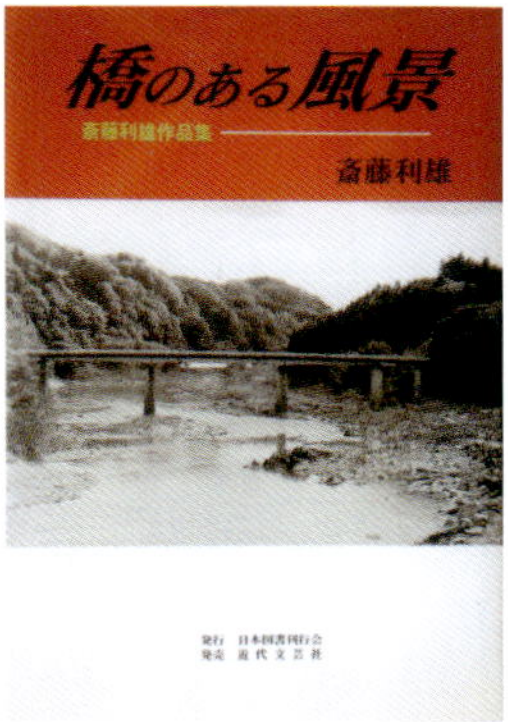


◀『橋のある風景－
斎藤利雄作品集』

▲斎藤家の雑貨店（平成15年頃撮影）

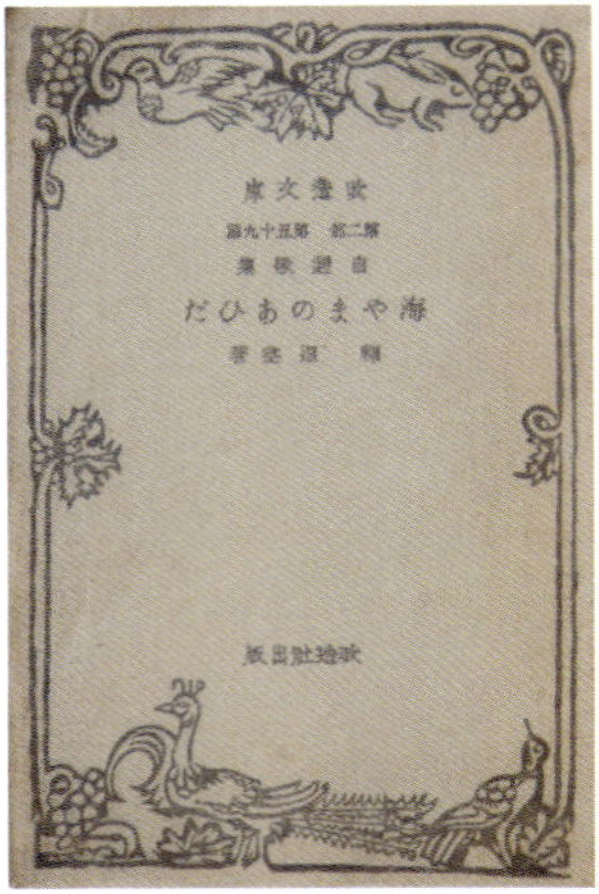


釈迢空歌集『海やまのあひだ』▶
（改造文庫）

▲北川多紀詩集『女の桟』

▲北川多紀詩集『愛』

# はじめに

フークトーブ、福島の美しい風光に魅せられてこの地を訪れ、名作を創作した作家は数多い。本書では文豪と呼ばれる近代作家たちと福島というトポスの関連を照射しつつ、改めて私たちのふるさと福島の豊饒な文芸風土を見つめ直すことを試みた。

第一部「福島と文豪たち」では森鷗外、夏目漱石、幸田露伴、泉鏡花、宮沢賢治、釈迢空（折口信夫《おりくちしのぶ》）、江戸川乱歩を取り上げた。目次をご覧いただければおわかりのように、多彩な視点から福島とそれらの作家たちとの連環を探っている。第一部が本書のメインである。

文豪たちが当地へしばしば来訪する一方、福島出身の作家たちも東京などで創作活動を展開している。第二部「福島出身作家たちの活躍」ではそれらの中から、須賀川《すかがわ》市出身の小説家水野仙子、福島市飯野《いいの》町出身のプロレタリア作家斎藤利雄、南相馬市鹿島《かしま》区出身の詩人北川多紀の三人にスポットライトを当て、主に東京での活躍を中心に紹介してみた。

従来の地域文芸史の本は、いわゆる郷土作家の地元での動向が中心であったが、それらとは一線を画する内容としたつもりである。さらに、既によく知られていることは簡略に記し、新知見、新資料を存分に披瀝《ひれき》することができたと自負している。

もちろんほかにも、当地と関係のあった文豪はたくさんいる。田山花袋、島崎藤村、川端康成、井上靖、吉川英治など枚挙にいとまがない。しかし、あまり拡散してしまうと限られた紙幅《しふく》の中で話の羅列に終わってしまう危険があるので、敢えて本書では触れなかった。お許しいただきたいと思う。

筆者は趣味で、福島の文芸史について調査と資料収集を続けている。特に宮沢賢治と福島との関連に興味をもち、いくつかの拙稿も発表してきた。近年になって森鷗外や夏目漱石、泉鏡花たちも当地と深い関わりがあることに気づき、いささか調べ始めている。それらの探索の成果が、ささやかながら結実したのがこの本である。

また、数年前から福島学院大学の非常勤講師として福祉学部の学生を相手に、文学演習を担当している。県内大学の連携組織アカデミア・コンソーシアムふくしま（ACF）の共通課題「福島学」の一環として、前期授業では「「福島」の視点で読む文学」をテーマとして設定した。そのために作成した講義ノートも、本書執筆に当たり大いに活用することができた。

文学を研究、鑑賞するための一つの方法として、郷土との関連という視点からの探究はかなり有効であると確信している。決してお国自慢ではなく、地元在住の利を存分に活用してふるさと福島との関わりの中で作家、作品研究を進めていくことによって、これまで研究者たちが看過していた新たな事実や読解を発見することが可能なのである。

さらに、文芸書とカメラを携えて、作家に縁のある場所や作品の舞台となった郷土を巡り歩く文学散歩はとても楽しい。その途上で、作家たちが現実世界を発條《ばね》として創造した多彩な言語空間へ眼を凝らしてみよう。文芸世界のフィルターを透《す》かして福島の風景を視ると、また新たな雅趣を湛《たた》えた光景となって浮かび上がってくることであろう。この小著が、そのきっかけとなれば倖いである。

# 目次

## 第二部　福島出身作家たちの活躍

# 第一部　福島と文豪たち

# 森鷗外と福島　―「山椒大夫」を中心として

## 「山椒大夫」にまつわる〝風評〟

森鷗外の名作「山椒大夫」は、児童読み物や絵本にもアレンジされて多数出版されており、子どもの頃に親しんだ方も多いことであろう。私もその一人で「安寿恋しや、ほうやれほ。厨子王恋しや、ほうやれほ」という、母の歌うような哀しいつぶやきが、今も耳底に残っている。その中に次のような一節がある。

越後の春日を経て今津へ出る道を、珍らしい旅人の一群《ひとむれ》が歩いている。母は三十歳を踰《こ》えたばかりの女で、二人の子供を連れている。姉は十四、弟は十二である。

それに四十位の女中が一人附いて、草臥《くたび》れた同胞《はらから》二人を、「もうじきにお宿にお著《つき》なさいます」と云って励まして歩かせようとする。（略）
岩代の信夫郡《ごおり》の住家《すみか》を出て、親子はここまで来るうちに、家の中ではあっても、この材木の蔭より外らしい所に寝たことがある。

この「岩代の信夫郡の住家」という記述に因む「安寿と厨子王物語由来の地」の記念碑が、福島市の弁天山《べんてんやま》に建立されている。平成二十三年一月に除幕式が行われたという話を聞き、陽春になったら行ってみようと楽しみにしていた矢先、3・11東日本大震災に遭遇してしまった。
混乱のさなかにそのまま忘れていたが、翌二十四年になって鷗外生誕一五〇年という記事をあちこちで見かけるようになったので、ふと思

「安寿と厨子王物語由来の地」碑

い立ち、晩春のある日初めて探訪してみた。椿舘《だて》があったと伝えられる辺りに建っており、付近からは市街が一望に見わたせる。木立を背景とした碑は、安寿と厨子王たちの絵も描かれ、なかなかよい雰囲気である。解説碑文の「親子と姉弟の深い愛と絆はいつの世にあっても不変なものではないでしょうか」という一節が、いかにも取って付けたような教訓調で、ちょっと気になったけれど。

弁天山の近くの渡利《わたり》で、私は子どもの頃を過ごした。往時、弁天山の麓は一面の桑畑であった。急な斜面をようやく這い登ると、山頂には山羊とか、うさぎがいるミニ動物園？があった。椿舘跡から見る夕陽は、子ども心にも美しく寂しかった。

碑を見たついでに、久しぶりに付近を散策してみた。新緑が爽やかだ。しかし、放射線量が高いので、一日一時間以上はここに居ないようにと書かれた看板があって、びっくり。確かにほとんど誰も歩いていない。目に付くのは、除染に従事している作業員の方ばかりだ。弁天山は昔の弁天山ならず。

ところで、鷗外と福島と「山椒大夫」については次のような〝風評〟がある。

「森鷗外」が福島を訪れたのは大正の初年で、杉妻町の松葉館（現在はない）に泊った。庭の向う阿武隈川の流れに映る椿館は、文学者鷗外の心に何ものをか浮べさせたにちがいない。翌朝、宿の主人と椿館に登り、椿館の物語りに耳を傾け、やがて小倉寺の「五輪石」を訪れているが、おそらくこの間に「山椒大夫」の構想が描かれたのではないだろうか。（小林金次郎『ふくしま散歩』西沢　昭和四十五）

福島郷土文化研究会を主宰していた小林金次郎は、著書『安寿姫と厨子王』（教育出版センター　昭和五十二）でも同様のことを書いている。

鷗外が福島市を訪れたのは大正三年（一九一四）。小林の説に従えば、その時に鷗外は松葉館に宿泊して弁天山に登り、椿館にまつわる安寿と厨子王の姉弟の悲話を聞いて「山椒大夫」を構想し、翌四年にこの作品を発表したということになる。

私の資料コレクション・ポチ文庫で最近、大正初期頃の弁天山の珍しい絵葉書を収集したので、掲載しておく。下方に「信夫橋袂《たもと》より逢隈川を距て丶弁天山を望む」とキャプションがある。逢隈川はもちろん阿武隈川のこと。意外と殺風景な印象だが、

弁天山と阿武隈川の絵葉書（大正初期頃）

昔日に鷗外が逍遙したとされる弁天山の風景を偲ぶことができよう。宮沢賢治も大正五年にこの辺りの阿武隈川を訪れており、短歌を詠んでいる。

「山椒大夫」は、山椒大夫にまつわる中世のいくつかの伝説や説教節を基に書かれた小説である。それらの伝承の中には、安寿と厨子王の父の岩城判官正氏が、弁天山の椿舘を本拠としていたとするものもある。「信夫郡の住家」というのがそれなのだ。この作品には冒頭に引いた箇所以外にも岩代、信夫郡が出てくる。

自分（母のこと、筆者注）は岩代のものである。夫が筑紫へ往って帰らぬので、二人の子供を連れて尋ねに行く。

わたくし（厨子王のこと、筆者注）は陸奥掾《むつのじょう》正氏《まさうじ》と云うものの子でございます。父は十二年前に筑紫の安楽寺へ往ったきり、帰らぬそうでございます。母はその年に生まれたわたくしと、三つになる姉とを連れて、岩代の信夫郡《ごおり》に住むことになりました。

これらの記述から「山椒大夫」が、福島ゆかりの名作であることは確かだ。

しかし、残念ながら鷗外は実際に弁天山へは来ていない。陸軍軍医総監・陸軍省医務局長であった彼は、公務の視察旅行で確かに大正三年五月十八日夕刻に福島市へ着いているが、宿は飯坂温泉の花水館であった。

飯坂温泉花水館絵葉書（大正初期頃）

鷗外の書いた「北遊記」十八日から十九日の部分を転記してみる。

歩兵聯隊集会所に午餐す。午後一時五十五分山形を発す。六時五十五分福嶋に至る。自動車に乗りて飯坂花水館に往き、投宿す。

十九日、晴。朝七時仙台衛戍《えいじゅ》病院分院を視る。畢《おわ》りて自動車に乗り、長岡停車場に至る。此より汽車に遷《うつ》り、午後八時東京に帰る。

同年五月十九日の『福島新聞』は次のように報道している。

陸軍医務局長鷗外森林太郎博士は仙台衛戍病院飯坂分院視察の為十八日夜来飯の上本日帰京の予定

当時の汽車で夜の八時までに東京へ着くためには、飯坂の衛戍病院分院を視察後、遅くとも朝の九時には長岡停車場（現伊達駅）を発たねばならなかった。高級官僚でもあった鷗外の行動は正確な記録が残されており、松葉館に宿泊した事実はないし、飯坂から遠く離れた弁天山を散策する時間的余裕などなかった筈だ……とここまでの指摘は、私も何回か書いたことがある。

しかし、小林金次郎の著書を発信源とする〝風評〟が、残念ながら今でも時折り散見する。「安寿と厨子王物語由来の地」の碑を建立した渡利地区歴史研究会で作成したパンフレットは、「山椒大夫」と弁天山の関わりについて解説されておりとても参考となるが、やはり「文豪森鴎外は福島の松葉館に投宿の際、この安寿と厨子王の話を聞き「山椒大夫」を書きあげたと伝えられています」と記されている。また、鷗外が来た時に福島の医務局長らしき人が出迎え、松葉館で歓迎会が催されたとか、彼はそこに二、三泊して「山椒大夫」を執筆したという話が、まことしやかに伝わっているが、妄説に過ぎない。

## 福島芸妓と鷗外の悲恋

ところで、さすがの小林金次郎も唖然とするような、とんでもない〝風評〟がもう一つあるのだ。

『毎日新聞』福島版、昭和三十三年（一九五八）三月二十九日掲載「福島を訪れた史上の人々11　森鷗外」という記事を発見したので、次に転載。

（冒頭略）鷗外が福島市へ来たのは、明治四十五年八月二日、五十一才で、作品にいちばん油《ママ》の乗っていたときである。たぶん東京の暑さから逃れてきたのかもしれない。阿武隈河畔の松葉館に三十日間泊った。（略）宿帳には本名の森林太郎と書いてあり、周囲の人たちが鷗外とわかったのはしばらくしてからである。したがって松葉館の人たちも部屋に閉じこもって勉強ばかりしている変った人だと思っていた。（略）

　眼下の阿武隈川で獲れるアユの塩焼きが大好物で朝昼晩と食べていた。このころ松葉館に小松という内芸者がいた。器量がよいうえ、諸芸に通じ、振舞いは万事ひかえ目という三拍子そろった女性である。旅で見る女性は美しい―の例えは堅人とはいえ木石でない鷗外にとっても例外であろうはずがなく、これまで妻以外の女性というものを知らなかっただけにことさらに美しく映ったらしい。二人の親しさはたちまち恋に変り、パッと話題になった。鷗外にすれば中年の恋というわけである。妻子ある身のどうにもならないいらただしさはいっそう彼の心を燃えたたせたらしい。片や小松も慕情がつのるのに比例して添えぬ悲しみ深まるばかり。それに加えて売りものの芸者に虫がついては客がつかないという経済的事情もからみ、こんなことでは身が果てるばかりとひそかに傷心を抱いて茨城県の助川町(日立市に合併)に身をかくした＝一説には身売りされたともいう＝

一夜明けた鷗外の驚きと悲しみは想像に余りある。それからはよく天神渡しの付近で考え込んでいる彼の姿が見受けられた。あるとき天神渡しを越えて向いの弁天山に散歩して山の東側にある椿館跡を見て帰った。ここは浄瑠璃「奥州信夫郡椿館」の〝現場〟で、戦い敗れた磐城判官が逃げ出したところ、鷗外は風光にひかれてたびたび訪れるようになった。そして古しえの判官敗走のさま、哀れなその家族のことなどしきりに思いにふけっているうちにフトその画面に飛び出してきたのが小松である。――身売り――この瞬間彼の脳裏には安寿姫と厨子王、その母親を役どころとした身売りにまつわる悲話「山椒大夫」の構想がわいてきたといわれている。(略)「山椒大夫」の結着はさんざん苦労した厨子王が丹後の国守となり、まず人身売買禁止の布令を出す。このためさしも強欲の山椒大夫も奴婢(どひ)を解放して賃金を払うことにした。大夫としてはたいへんな損失のように思えたが、かえってこの〝民主化〟が労働意欲を増進して商売は前にもまして盛んになったとある。これは悲運の芸者小松に対する彼のせめてもの救い——と想像するのも面白い。(後略)

確かにおもしろい! 飛躍に富む、すごいとしか言いようのない連想力、牽強附会。明治天皇が崩御して三日後の明治四十五年(正確には大正元年、一九一二)八月二日から一か月間、軍医総監の鷗外が福島市で朝昼晩と鮎の塩焼きをパクつきながら、芸妓との情痴に溺れていたという〝事実〟に、一抹の疑念も感じていない能天気も、あっぱれ。

鷗外の年譜と作品研究の根底を揺るがす〝新事実〟だが、もちろん与太話。でも、自称森林太郎、鷗外が松葉館で豪遊した可能性は高そうだ。

この〝新事実〟が権威あるメディア『毎日新聞』に発表されたことも、ご愛嬌。「福島を訪れた史上の人々」は三月十八日から四月十三日まで二〇回連載されたが、鷗外の記事だけが突出して過激だ。ほかはごく普通、文章はお世辞にも上手とは言い難いが。

だが、何と言っても天下の『毎日新聞』で公表された〝新事実〟である。この奇譚《きたん》をまじめに考証した一文が、福島市で発行されていた『日出新聞』昭和三十三年六月二十日に掲載された。「鷗外福島で痴狂うという毎日新聞の記事は本当か」、執筆者は清野彦吉。『福島県史』第二〇巻の小説・戯曲の通史の項を担当した方で、生前は私も福島県立図書館でしょっちゅうお会いしていた。元福島民報社勤務、家は福島駅近くの白十字という洋菓子屋だったと記憶する。その『日出新聞』記事の一部を引く。

椿館は磐城の判官の館跡で磐城の判官は戦に負けてつつじの根っこに乗馬が倒れたために敵に首をとられてしまった。このとき判官は「生あるものならば、この山につつじは咲くな」と云って死んだ。それで椿館にはつつじは咲かないんだそうだ、と子供のころに聞かされたことを覚えている「山椒大夫」を読んでこの磐城の判官が「山椒大夫」の厨子王の父親であろうとは想像していた。だから、鷗外と福島になにかの引っかかりを期待する気持はあった。といってこの記事のような事実があろうとは？　そこで私は鷗外全集を引っ張り出して「日記」を調べてみた。

いくら調べても、明治四十五（大正元）年に鷗外が福島に滞在した事実も、痴狂った痕跡も出てこない。年が間違っているのではないかと考えた清野彦吉は、大正三年の記録に着目。しかし結局、

私が見た範囲では一ケ月も福島に滞在していたことは確かめることができないでいる。

「……宿帳には本名の森林太郎と書いてあり……」と新聞記事は記しているのだからその宿帳を見ればハッキリするのであろうが。

と思案投げ首の末、匙を投げてしまった。

## 鷗外と福島の連環

〝風評〟と与太話はさておいて、森鷗外―「山椒大夫」―福島の連環は多彩だ。鷗外が再婚した相手の小説家、森志げの父親でのちの大審院判事荒木博臣は、明治十年（一八七七）に福島裁判所の所長として赴任している。彼から鷗外は信夫地方に伝わる安寿と厨子王の伝説を聞いて、執筆の参考としたということは可能性としてはあり得るが、あくまでも推測でしかない。

いわき地方に伝わるこの伝説の古文献である『磐城実記』等を鷗外が参照したとする説もあるが、大島田人の論考（『森鷗外記念会通信』四二 昭和五十三。これは小林金次郎の妄説を最初に指摘した論考）によれば、そのことを立証する資料は見当たらないという。

いわき地方との関連については既に『安寿姫と厨子王のふるさと』という充実した文献（A5判、二〇〇頁）が、昭和五十五年（一九八〇）に安寿姫厨子王遺跡顕彰会から出版されているので、ここでは言及しない。なお、同顕彰会によっていわき市金山《かねやま》町の金山公園に「安寿姫厨子王遺跡顕彰碑」と、太田良平制作の安寿厨子王母子像の彫刻が建立されている。

安寿と厨子王にまつわる伝説は全国各地に流布しているが、梅宮茂の書いた随筆（『福島民友』昭和二十九年四月十六日）によれば、特に福島県が多いとされている。前述の弁天山には椿舘以外にも、安寿姫が旅立ちの時にツツジの株につまずいて生爪を剥がしてしまったので「この山にツツジの花は咲かないように」と呪ったという伝説がある。弁天山近傍の大蔵寺には、椿舘から追放された安寿と厨子王、母たちの一行がこの寺の千手観音に詣でて、無実の罪で筑紫《つくし》に流されている父正氏の無事を祈願したという話が残されている。その他、双葉《ふたば》郡富岡《とみおか》町、本宮《もとみや》市本宮、田村郡三春《みはる》町などにも伝説があるという。

歴史考証に秀でた鷗外のことだから当然、いくつかの山椒大夫及び安寿と厨子王伝承を参考とした筈だし、その中には信夫地方との関わりについて記された資料があったことも確かだ。しかし、「歴史其儘《まま》と歴史離れ」の中で「山椒大夫」執筆の意図について自ら解説しているように「わたくしは伝説其物をも、余り精しく探らずに、夢のやうな物語を夢のやうに思ひ浮かべて見た」というのが、彼の有り体な真意であったとみてよいのではあるまいか。

ところで、鷗外は明治十五年（一八八二）十月にも福島県内を巡歴している。当時弱冠二〇歳であったが既に前年、東京大学医学部を卒業していた。なお、同期の首席卒業は三春出身の三浦守治《もりはる》（歌人としても活躍）である。大学を出て軍医となって間もない鷗外の、明治十五年の視察旅行日記「北游日乗」の後半部「後北游日乗」十月の一節を読んでみる。

十九日　晴れたり仙台を立つ増田大川宮を過ぎ白石にて昼餉《ひるげ》たうべつ午後馬車を雇ひて福島に至る川定といふ家に宿りぬ

二十日　晴れたり本宮なる水戸屋に宿りぬ

二十一日　晴れたり熱海を過ぐ溝渠《こうきょ》あり猪苗代の湖を引きて郡山の田に漑《そそ》げり十六橋を架す瀛船にて湖を渡る午後三時若松七日町なる藤田といふ家に着きぬ伊藤玄岱《たい》導きて会津城趾にいたる

欲就残墟間戦機　唯看蕘豎跨牛帰　回頭昔日城濠跡　満目枯蘆一鷺飛

東山に遊ぶ渓流所々熱水を湧す両岸に楼を架したり声妓あり追分といふ曲を歌ふ半面達蔵といふ奴ありて技を奏す

芙蓉香老不勝秋　忍聴紅裙一曲歌　独坐呼杯々未到　浴衣帯熱対寒流

二十二日　晴れたり車を雇ひて片門に至りこれより馬に乗りかふ午後十時津川なる鶴賀屋に着きぬ

鷗外が当地を訪れたこの記録は、意外と知られていないようだ。十九日、宮城県の白石から馬車で福島へ入った彼は、川定という宿（この時も松葉館ではない）に泊まる。翌日は本宮の水戸屋に宿泊。二十一日には熱海を過ぎ安積疏水を見て、猪苗代湖を汽船で渡り、会津若松七日町の藤田という宿に着いた。若松城跡や東山温泉で清遊、興にまかせて雅趣に富む漢詩も二篇創っている。二十二日には津川（現新潟県、当時は会津領域）へ向かっている。

## 森茉莉と喜多方

森鷗外の長女で作家の森茉莉《まり》は昭和十九年（一九四四）の夏から二十二年まで、耶麻郡喜多方町（現喜多方市）へ弟森類《るい》の妻の親戚を頼って疎開していた。当初は幸橋の袂《たもと》で類一家と一緒に暮らしていたが、のちに彼女は別な場所の蔵の二階を間借りして一人で生活した。

その頃の思い出を綴った茉莉のエッセー「障子の中」の一部を読んでみる。

それは広島に原爆の落ちた年の前の冬であつた。福島県の喜多方町に、幸橋《さいはひ》といふ橋があつてその橋の袂に、私が弟の一家と疎開してゐた小さな家が、あつた。（略）一歩外へ出ると橋の下を、戦争といふものや、私たちの生活とは全く無関係な透明な水が、歓びのやうな音をたててゴボゴボと波だち、流れてゐた。また磐梯山のほかは名もたうとうおぼえないでしまつたが、連なつた山々が、空の中に濃い藍色に浮かんでゐるのが、毎日見てゐても見るたびにはつとするやうに、鮮明であつた。

私はよく橋の上に佇んで、水の流れる音を聴いた。楽しいことを知らせるやうな音で、あつた。楽しいことを想はせて、そこから私の胸の中にある哀しみを、私の心の中にある最も深い場所を、ひき出してゆくやうな、そんな音で、あつた。毎日は雪氷にとざされてゐたが、喜多方の美しさはその鋭い冷たさの中にあるやうに、思はれた。その町は、当時の私の心持に密着した場所でも、あつた。

疎開中に彼女は、地元の知識人が集った喫茶店の光茶房や、地元の山ぶどうで造った酒を振る舞ってくれることもあった貸本屋の会文堂へ、毎日のように通っていた。赤い液体の入ったフラスコを手に持って、町の中を歩いていた茉莉。フラスコの赤を通して雪面へ反射する光の色彩に夢想するその姿は、耽美幻想の作家森茉莉にふさわしい。喜多方で仲よしになったある少女へは、帰京後も親密な手紙を送っている。鷗外と福島に関わるエピソードの一つだ。

## 「山椒大夫」の謎

読み返してみると「山椒大夫」は謎の多い、不可思議な小説だ。のちに丹後の国守となった厨子王は、人身売買を禁じた。そのために山椒大夫は奴婢を解放して、給料を払わざるを得なくなった。ところが「一族はいよいよ富み栄えた」。極悪非道の山椒大夫を厨子王はなぜ、極刑に処しなかったのであろうか。なぜ、鷗外は山椒大夫一族をますます富み栄えさせたのであろうか。勧善懲悪の結末とはしなかった匿された真意とは何か。作品名が「安寿と厨子王」ではなく「山椒大夫」であることも意味深である。

折口信夫の「春来る鬼」によれば、山椒大夫説話の古層には、岩木山に伝わる「姉と弟と二人が、山に登る争いをして、姉が勝って弟が負け、そして姉が山の神になった」という信仰があるという。姉が安寿、弟が厨子王。折口学のキーワードはマレビト（客神）だが、「古代日本人の考えをつきつめてゆくと」マレビトは「始終海から来ている」。「海から神が出現して来る、という信仰があって、其神は、山の方へ登ってゆく」。それが姉弟による、岩木山の神争い伝承に結びつく。

ところが、その姉弟は丹後の「由良の港の千軒長者」山椒大夫の手中に落ちる。岩木山の信仰（山の神）の話が、由良の港（海と関連深いことにも注意すべきであろうか）の山椒大夫の話へと「のびて」行き「聯絡《れんらく》している」のが、この説話なのだ。折口信夫の論考は、詩的かつ犀利《さいり》な直観を神のお告げのごとくつぶやく異様な文体である。難解だが、有無を言わせぬ説得力をもって読者を籠絡《ろうらく》する。

単なる悪人滅亡の物語として「山椒大夫」を終息させなかったのは、折口民俗学が説くような山椒大夫という特異なキャラクターの蔭に広がる信仰と深層を、鷗外が「夢のやうに」感じ取っていたからではあるまいか。

安寿と厨子王の別離の場面の、可憐なスミレも印象深い。

丁度岩の面《おもて》に朝日が一面に差している。安寿は畳《かさ》なり合った岩の、風化した間に根を卸して、小さい菫《すみれ》の咲いているのを見附けた。そしてそれを指さして厨子王に見せて云った。「御覧。もう春になるのね」

厨子王を山椒大夫の元から逃がした安寿は、沼へ入水《じゅすい》してしまう。スミレは安寿の化身。そして鷗外の幻想小説「うたかたの記」の菫売りの美少女、マリイの面影と重なっているのだ。かつて湖へ入水したが助けられて、ローレライ伝説の妖精《ニンフ》に変貌していくマリイは、安寿へと転生し……。

さらに、「濃き藍いろの目には、そこひ知らぬ憂ありて」というマリイの眼差しは、「舞姫」の「青く清らにて物問ひたげに愁を含める目」という、少女エリスのそれでもあったのである。

# 夏目漱石『明暗』の小林医師　―　相馬市出身佐藤恒祐との関連

相馬《そうま》焼の茶碗で、夏目漱石は渋茶を喫していたのではないか。彼の短篇小説「琴のそら音《ね》」を読むと、そんな気がしてくる。

「珍らしいね、久しく来なかつたぢやないか」と津田君が出過ぎた洋燈《ランプ》の穂を細めながら尋ねた。

津田君がかう云つた時、余ははち切れて膝頭《ひざがしら》の出さうなヅボンの上で、相馬焼の茶碗の糸底を三本指でぐる〳〵廻しながら考へた。（略）

余はわざと落ち付き払つて御茶を一杯と云ふ。相馬焼の茶碗は安くて俗な者である。もとは貧乏士族が内職に焼いたとさへ伝聞して居る。津田君が三十匁《め》の出殻を浪々此安茶碗についでくれた時余は何となく厭な心持がして飲む気がしなくなつた。茶碗の底を見ると狩野法眼元信流の馬が勢《いきおい》よく跳ねて居る。（略）

「此馬は中々勢がいゝ。あの尻尾を振つて鬣《たてがみ》を乱して居る所は野馬《のんま》だね」と茶を飲まない代りに馬を賞めてやつた。

主人公と津田君の二人の青年の軽妙な会話の小道具として、相馬焼の茶碗が巧みに使われている。それにしても「琴のそら音」読後のほのぼのとした幸福感は格別だ。主人公の婚約者、露子の身に凶事があったのではないかと、はらはらドキドキさせておいて、最後は露子の「温かい春の様な顔」と「銀の様な笑ひ声」で、一気に微笑ましい恋人たちの光景に転換してしまう漱石の筆も絶妙。初期の漱石における、諷刺と諧謔《かいぎゃく》精神の中に浪漫性を湛《たた》えた作風の佳作と言えよう。

それに比べて、漱石の絶筆『明暗』は何とも苛々させる小説である。登場人物の屈折した心理描写が延々と続き、エゴイズムの醜悪さを執拗に描いて鬱陶しくなる。明暗が反転、交錯するのではなく、明と暗の文字の上下位置そのままに暗闇が基底となっており、その暗澹《あんたん》たる世界へ、たまさか一条の光明が弱々しく射すけれど、すぐに闇へすっと消えてしまうという感じだ。『東京朝日新聞』の連載小説だが、朝っぱらからこんな陰気なものを読まされたのでは、読者はさぞかし気が滅入ったことだろう。この作品の中心人物は、お延《のぶ》である。彼女の夫の津田（「琴のそらの音」の津田君と同じ名）には恋情を断ち切れない女性がおり、津田がその女性が静養している温泉宿へ行き彼女と再会するところで、漱石の死のため未完のままとなってしまった。その後のお延の生き方に仮託して彼は、いわゆる「則天去私《そくてんきょし》」の境地を「明」の世界として描く構想だったのであろうか。水村美苗が漱石の文体を模して書いた『續明暗』の結末は示唆的である。

ところで、『明暗』もまた、相馬と深い関わりがある小説なのだ。この作品の重要な舞台となっているのは、津田が入院している小林医師の小さな医院である。特に、津田には忘れられない女がいることをお延が病室の外で立ち聞きして衝撃を受け、破局を予感させる劇的なシーンが忘れ難い。嫂《ねえ》さんはお延、お秀は津田の妹を指す。

「それ丈なら可《い》いんです。然し兄さんのはそれ丈ぢやないんです。嫂さんを大事にしてゐながら、まだ外にも大事にしてゐる人があるんです」

「何だ」

「それだから兄さんは嫂さんを怖がるのです。しかも其怖がるのは――」

お秀が斯う云ひかけた時、病室の襖《ふすま》がすうと開いた。さうして蒼白い顔をしたお延の姿が突然二人の前に現はれた。


「温かい春の様な顔」は「蒼白い顔」へと変貌する。さらに、津田の見たこの医院の待合室の陰鬱な印象は、作品全体に通底するトーンでもある。

扉の上部に取り附けられた電鈴《ベル》が鋭い音を立てた時、彼は玄関の突き当りの狭い部屋から出る四五人の眼の光を一度に浴びた。窓のない其室は狭いばかりでなく実際暗かつた。外部《そと》から急に入つて来た彼には丸で穴蔵のやうな感じを与へた。彼は

寒さうに長椅子の片隅へ腰を卸ろして、たつた今暗い中から眼を光らして自分の方を見た人達を見返した。（略）

此陰気な一群の人々は、殆ど例外なしに似たり寄つたりの過去を有つてゐるものばかりであつた。彼等は斯うして暗い控室の中で、静かに自分の順番の来るのを待つてゐる間に、寧《むし》ろ華やかに彩どられたその過去の断片のために、急に黒い影を投げかけられるのである。さうして明るい所へ眼を向ける勇気がないので、ぢつと其黒い影の中に立ち竦むやうにして閉ぢ籠もつてゐるのである。

明治四十四年（一九一一）から大正元年（一九一二）にかけて、漱石は痔疾のため実際に神田錦町にあった佐藤恒祐《つねすけ》医師の佐藤診療所へ通院し、入院手術を受けている。「修善寺の大患」に次ぐこの入院手術の体験と、佐藤診療所で漱石が見聞した情景が、『明暗』成立の大きな契機となっているのである。そして、小説の中に登場する医院の小林医師は、地元でもほとんど知られていないことだが相馬市出身の医師佐藤恒祐がモデルとなっているのだ。

『東京朝日新聞』連載第一回（大正五年五月二十六日）の挿絵には、腕組みをした白衣の小林医師が描かれている。連載中には病床に臥す津田の姿を描いた挿絵も何枚かあるが、それらが漱石を彷彿とさせる容貌なのは、ご愛嬌。小林医師に擬せられる佐藤恒祐は、昭和十五年六月発行『日本医事新報』九二七号に講演記録を基とした「漱石先生と私」という貴重な回想を寄稿している。それによると『明暗』に登場する医院の情景、小林医師や看護婦との会話は事実をあらかたそのまま反映しているらしい。

『明暗』の小林医師。『東京朝日新聞』大正５年５月26日掲載の挿絵

『明暗』の津田。『東京朝日新聞』大正５年８月31日掲載の挿絵

この寄稿文には恒祐の経営していた診療所の間取りや付近の略図が載っているが、確かに『明暗』の描写と一致する。待合室は北側の薄暗い部屋で、日中でも瓦斯《ガス》灯を点けていたというし、津田が入院している二階の病室から見える洗濯屋などの風景描写も、実景そのままであることがわかる。

漱石の日記や書簡にも恒祐のことは度々記されているが、明治四十四年十一月十一日の日記には、次のような相馬の錦織《にしこり》剛清に関する興味深い記述がある。

佐藤さんから錦織剛正（清）の話を聞いた。錦は佐藤さんの父の家に寄食してゐた。さうして其町で一番物持の一人娘をそゝのかして小判三百枚を盗み出して東京へ出たのださうである。入獄して出るや否や人気取りの為に円遊一派の芸人の寄附金で各地に米屋をこしらへて米を実費で貧民に頒つ人気取りの策を講じた。（略）次に九州の或る海岸に古代の釣鐘が沈んでゐるの（を）上げる。上げた鐘は宮内省で十万円で御買上になるとか号して金を集めにかゝつた。然るに此鐘は普通の縄や紐では揚げられない。毛綱が必要だとか号して神社仏閣に奉納してあるのを貰つて歩いた。（略）今では本所辺に画工をしてゐる。

明治前期の世相を騒がせた猟奇的なお家騒動である相馬事件の首謀者、錦織剛清についての話を恒祐から聞き、さらに漱石は相馬への関心を深めたことであろう。日記の中で漱石は主治医の彼を「佐藤さん」と呼び、親しみと信頼を寄せていた様子が窺われる。

佐藤恒祐は明治十三年（一八八〇）一月十三日（後述の遠藤時夫の論考による。大正十一年刊『福島誌上県人会』によれば二十三日）宇多郡中村の鈴木忠助の次男として出生。代々医術によって相馬の中村藩主に仕えていた佐藤家の当主、義信（昌庵）の養子となる。『福島誌上県人会』には「生家は累世医を以て名あり、実に君に至りて十一世の永きに及ぶと」と記されている。「生家」とあるのは鈴木家ではなく、幼くして恒祐が養子となった佐藤家のことであろう。相馬中村藩家臣の系図集『衆臣家譜』巻之八五には、医術で藩に代々仕えた佐藤氏が載っており、その中の三名は「昌庵」と称している。

養父佐藤義信（昌庵）は中村の大手先で医者として開業していたが、晩年はキリスト教に入信したという。恒祐は中村高等小学校及び同校補修科に学んだのち、順天堂医院の医師で親戚の菅野徹三を頼って上京した。徹三は野口英世の恩人の一人でもあった。徹三の援助を受けながら大成学館尋常中学校四年級を修了し、さらに仙台の第二高等学校医学部へ進学。二高医学部同級生には作家の真山青果がいた。在学中に同学部は仙台医学専門学校と改称、そこを卒業後再び上京、本郷湯島の順天堂医院に勤務して研鑽《けんさん》に励んだ。明治三十九年（一九〇六）、金枝エイと結婚。同四十二年四月、東京市神田区錦町一丁目一〇番地に佐藤診療所を開業した。二階に病室が二つあり、漱石が入院したのは南向きの六畳の部屋であった。

大正十一年に恒祐は「男子の尿道腺及び尿道等の組織学的及び形態学的知見」で東京帝国大学から学位を授与されている。専門は泌尿生殖器科で佐藤式尿道鏡の特許も取得していた。昭和十二年、『淋疾及尿道鏡』を南江堂より刊行。昭和三十九年（一九六四）十二月二十九日、鎌倉で亡くなった。彼は敬虔なキリスト教徒であり、『相馬市史』二下巻（昭和五十三）には「クリスチャン医師として評判が高かった。夏目漱石は晩年（明治四十四、五年頃）痔を病んで再三入院手術したがこれが機縁となり、単に医師対患者の域を超えて親しく交わり、彼より慰めと力を得たらしい。晩年の作品「行人」「こころ」等にうかがえる」とある。作品名は『明暗』の方が適切であろう。なお、同書は恒祐を相馬中学出身と記しているが、誤りである。

漱石と恒祐との関連については昭和五十年（一九七五）に、相馬市在住の遠藤時夫が『高校国語研究会紀要』（相双地区国語研究会）創刊号と『国語展望』（尚学図書）四一号へ論考を発表している。恒祐の「漱石先生と私」に依拠しつつまとめた内容であるが、それに載っている佐藤診療所の間取りや周辺図を『高校国語研究会紀要』に出典を明記しないで転載しているため、あたかも遠藤時夫が調査作成した図版かのような誤解を与えるのは問題である。ただし、恒祐の経歴に関しては遺族からの聞き取り調査を基にしているらしく、新知見が多くとても参考となる。

ところで、漱石と福島県との関わりといえば『坊っちゃん』に登場する会津っぽ、「山嵐」のモデル詮索が興味深い。諸説あるが会津出身の柔道家で、「山嵐投げ」を得意とした西郷四郎が有力候補らしい。この人、富田常雄の小説『姿三四郎』のモデルでもある。そのほかでは、会津出身で漱石の英文学の門下生皆川正禧や、福島市瀬上の歌人門間春雄との交渉が注目される程度であったが、最近、漱石の『門』直筆原稿のうち久しく所在不明だった四枚分が、福島市内の個人宅で発見されたというニュースが大きな話題となった。

晩年の漱石と精神的に深い交流があり、『明暗』成立にも大きな影響を与えた相馬市出身の医師、佐藤恒祐についても今後もっと注目していただきたいと思う。

# 幸田露伴　――　ペンネームの由来と福島

## 里遠しいざ露と寝ん草まくら

二本松市の亀谷坂《かめがい》をゆっくり登って行くと、「阿部川もち」の赤旗や「スリランカカレー」の黄色の旗が風に揺れている。はて、妙な組み合わせと思いつつ近づいてよく見ると、「露伴亭」の旗もあった。露伴亭は亀谷まちづくり協議会が設置した坂の駅で、こぢんまりとした建物だが、幸田露伴も食べたという幻の阿部川餅を復元したものや、安達太良カレーの一つスリランカカレーを

亀谷坂

露伴亭

食することができるようになっている。露伴関係の本も並んでおり、なかなかいい雰囲気だ。

若き日の露伴は北海道の余市で電信技手として働いていたが、作家を志し明治二十年（一八八七）東京へ帰ることを決心して旅立った。この時の余市から東京までの旅行記録が「突貫紀行」である。船や馬車、徒歩で難渋しつつ福島へようやく到着したのが九月二十八日夕刻。鉄道は未だ郡山から東京までしか開通していなかった。その汽車賃とほぼ同額しか旅費が残っていなかったので、宿代を節約するために郡山まで宵に徒歩で向かう。「突貫紀行」のクライマックスである。

身には邪熱あり足は猶《なお》痛めど、夜行をとらでは以後の苦みいよいよもつて大ならむと、終に草鞋《わらじ》穿《ば》きとなりて歩み出しぬ。二本松に至れば、はや夜半ちかくして、市は祭礼のよしにて賑やかなれど、我が心の淋しさ云ふばかりなし。市を出はづるゝ頃より月明らかに前途《ゆくて》を照し呉るれど、同伴者《つれ》も無くて唯一人、町にて買ひたる餅を食ひながら行く心の中いと悲しく、銭あらば〳〵と思ひつゝ漸々《よう》進むに、足の疲れはいよ〳〵甚しく、時には犬に取り巻かれ人に誰何《すいか》せられて、辛くも払暁《あけがた》郡山に達しけるが、二本松郡山の間にては幾度か憩ひけるに、初めは路の傍の草あるところに腰を休めなどせしも、次には路央《みちなか》に蝙蝠《こうもり》傘を投じて其の上に腰を休むるやうになり、終には大の字をなして天を仰ぎつゝ地上に身を横たへ、額を照らす月光に浴して、他年のたれ死をする時あらば大抵かゝる光景ならんと、悲しき想像なんどを起すやうなりぬ。

この困難な旅の途中、二本松付近と推測されている場所で露伴は「里遠しいざ露と寝ん草まくら」という俳句を作っている。「露と」は「露と伴に」の意であり、露伴のペンネームは何とこの句に由来するものなのだ。彼自身も「雅号由来記」に「ひとゝせ陸奥のひとり旅、夜ふけて野末に疲れたる時、今宵ぞ草の新枕、露といつしよに寝て明かさんと打たはむれし事ありしより、其後自ら名づけしのみなり」と記しており、「雅号の由来」ではさらにもっと詳しく解説している。この句は露伴の小説「対髑髏」の冒頭にも出てくる。

「突貫紀行」の中で露伴が「町にて買ひたる餅」は、亀谷坂上に昔あった茶屋の阿部川餅なんだそうで、それを復元したのが露伴亭で供している餅ということらしい。露伴亭前の坂の少し上には「文豪幸田露伴ペンネームゆかり地」という碑銘と「里遠しいざ露と寝ん草まくら」の句を刻んだ文学碑が建立されている。これまた、こぢんまりとした可愛い碑だが、露伴と当地との深い縁を偲ばせ、風情がある。

亀谷坂の露伴句碑

なお、二本松出身で明治時代に活躍した作家高橋太華は、露伴と親密な間柄であったようだ。『露伴全集』（岩波書店）には短文のものが多いが、四七通もの太華宛の書簡が収録されているし、同全集の月報には太華の文も収載されている。露伴の県内関連の作品としてはほかに、次項で紹介する紀行文二篇と史伝『蒲生氏郷』がある。

ところで、露伴が「里遠し……」の句を作った場所については、二本松から郡山へ向かう途中であることは確かだが、二本松と断定できるわけではなさそうだ。『本宮町史』第一一巻では「「露伴」の名は本宮付近でつけられたといってよかろう」としている。

## 露伴の浜通り紀行文

幸田露伴は旅行を好み紀行文の名手だった。明治三十年(一八九七)秋、親友の大橋乙羽を連れて東京を発ち、汽車や人力車、徒歩などで福島県の浜通りを縦走し相馬の中村まで旅した記録として「うつしゑ日記」がある。続編の「遊行雑記」には、相馬の松川浦《まつかわうら》から東北各県を巡った紀行が収められている。史実考証に造詣の深かった露伴は、特にいわき市の勿来の関跡に惹かれたようだ。彼らが山中の小道を登って行くと、藪の間から関跡の碑が淋しげに見えてくる。

道廃《すた》りて跡おぼろげに、眼の及ぶ限り人の影なく、雨持つ空の薄暗くして雲の色さへ悲しめるに薄《すすき》が下《もと》の虫の音幽《かす》けく、たゞ秋風の松に咽《むせ》んで、尾花のゆらぎ浪立つのみ。(「うつしゑ日記」)

いわき、広野、富岡、浪江などの風俗や人情の観察もこまやかだ。小高から原町へ向かう途中では、

名高き野馬追ひは昔日《むかし》こゝにてせしなりといふ原にかゝりしほど、月さしのぼりて、山々遥《はるか》に連《つらな》れるが中の広野を照らせるいと物悲しく、おくれて帰る草つけし馬引く男の、声あはれに相馬節唄ふも、そゞろに人をして秋を感ぜしむ。(同前)

と旅情に浸っている。

中村(現相馬市)では、宇多川河畔の伊勢屋旅館に泊まった。「楼は宇田《ママ》川を前に控えて、畳六十ひらばかりを敷き満てたる三層建てなれば、清らかなりとは云ひ難けれ

ど、心晴る丶ばかりなり」（同前）と記されている。
相馬の名勝松川浦を小舟で遊覧し、その美しい風景を満喫した後、月明かりの原釜海岸の情景を楽しんでいる。

原釜といふところも浦を控へ洋《なだ》に臨めるところにて、海水浴する人々のために新に建ちたる旅亭の楼上より月光を便りに眺むれば、五龍の岬《はな》といへるが突き出たる上に五龍首権現見えさせ玉ふほかには物も無く寂寞として、眼の限りは茫々たる大洋の海霧を帯びて横はるのみ。猶楼を下りてそこここ逍遥するに、かさ岩といへるが黒みて

原釜海岸絵葉書（明治末期頃）

見ゆる、潮風に痩せたる松の立てるが月にいよ〳〵寂びて見ゆる、大津浜一帯の沙《すな》平かに遠く曲りて浪断え間なく白く砕けて散るが見ゆるほかには眼に入るものも無けれど、荒涼の中おのづからまた味ふべき趣きありて、特に今宵《こと》は后《のち》の月の風露のさまもたゞならず、身にしみて物のあはれをおぼえぬ。(「遊行雑記」)

露伴の格調高い名文に昔日の浜通り地方の光景が、情趣深く想い浮かんでくる。

なお、相馬の原釜海岸へは、高村光太郎の詩集『智恵子抄』で知られる高村智恵子(二本松出身)も二回訪れている。智恵子が二二歳の明治四十年(一九〇七)夏には、原釜の金波館(金波楼)に滞在し、二階の部屋から見える海を油絵具で描いていた。この時、米沢中学一年生の鈴木謙二郎と仲よくなり、その後も姉弟のような文通を続けていたという。あまり知られていないことなので、余談ながら紹介しておく。

# 泉鏡花と福島　―「龍膽と撫子」を中心として

## 暗がり坂の作家

北陸の古都金沢。室生犀星の筆名の由来になった犀川《さいがわ》が美しき微風と共に蒼き波をたたえて流れ、泉鏡花の生家近傍には黄昏時に魔物が出没する暗がり坂がある。暗がり坂下は浅野川河畔へ到る紅灯の花街で、逢魔《おうま》が時ともなれば男たちが人目を忍んで遊廓へ、そそくさとその坂を降って行った。

泉鏡花は黄昏時に魅せられた作家であった。「ものの最も凄きは黄昏なり。魑魅《ちみ》妖怪、変化の類、皆比時に出でて事業《しごと》に取りかゝる。恰《あたか》も遊廓《くるわ》にて娼妓が店に出揃ふと同じ刻限と知るべし」（泉鏡花「黄昏」）。逢魔が時は紅灯の揺らめきに娼婦たちが婀娜《あだ》めく刻限でもあるのだ。怪異とエロスの迷宮へトランスファーする鏡花の物語は、少年時代までを過ごした金沢の暗がり坂を原風景としている。

誰かの夢を見るのは自分がその人のことを思っているからではなく、相手が自分のことを思っていてくれるから夢に見るのだと前近代の人たちは考えていたと、国文学者兵藤裕己は説く（「ものがたりと夢」、『図書』平成二十二年三月号）。さらに、モノ語りのモノはモノノケのモノと同語源だという。むかし、という言葉も「向か」と方向を示す接尾語「し」の複合であって、決して物理的な過去の時間の意味ではない。確かに太陽が昇没する重要な方向を示す語はひが「し」と、に「し」だ。昔の物語りとは、自己意識以外の何かが時空を超えて自分の方へ向かって来て、憑依《ひょうい》して語ることなのだ。近代では失われてしまったそのような感覚を創作の秘密とした稀有な作家として、泉鏡花と宮沢賢治を兵藤裕己は挙げている。鏡花はいったん筆が滑り出したら自分を空しくして、物語りが行きたがる方向へ「向うまかせ」に筆を進めたという。そんな時、筆は写字をするよりも早く走った。まさしく彼は「モノ語り」の作家であったのである。

ところで、私は以前から宮沢賢治と福島との関連に興味をもっており、若干の拙稿も発表してきた。最近になって、鏡花も福島県とかなり深い関わりがあることに気づき、いささか調べ始めた。ここではその基礎データを提示し、併せて福島市の飯坂温泉を舞台とした鏡花の知られざる名作「龍膽《りんどう》と撫子《なでしこ》」を紹介してみたいと思う。

## 鏡花が福島へ来遊した記録

・明治三十二年（一八九九）　鏡花二六歳

八月二十三日午後六時会津若松着。その前月に郡山から若松まで開通したばかりの、岩越鉄道の汽車を利用したと推定される。東山温泉に滞在中の作家後藤宙外を訪ね八月末頃まで会津に遊び、おそらく猪苗代湖畔にも足を延ばした。宙外は泉鏡花の文学仲間で明治三十四年から四十年まで猪苗代湖畔に建てた書屋に居住、会津を舞台とした小説として「名倉山」「会津節」がある。湖畔における宙外の文芸活動についてはは鈴木湖村の論考（『会津史談』六五、六七号）が詳しい。鏡花の恩師尾崎紅葉は八月二十六日発信の宙外宛書簡の中で、会津へ行った鏡花をよろしく案内するよう依頼している。東山温泉では女が素っ裸で給仕に出るという評判を鏡花は聞き、メイドさんのスッポンポンでの接待を期待して喜び勇んで出かけたが、全くの虚報でがっかりしている。

・明治三十三年　鏡花二七歳

五月十七日午前七時過ぎ上野発の汽車に乗り会津に向かう。田代暁舟、後藤宙外が同行か。東山温泉の向瀧楼に宿泊。

・明治三十四年　鏡花二八歳

同年九月発行『新小説』に個人の消息として「尾崎紅葉氏は病気全快の上は会津猪苗代湖畔に遊びて、後藤宙外氏の矯居を訪るべしと、同行者は石橋思案、泉鏡花、小栗風葉、前田曙山、柳川春葉等の諸氏にて、猶《なお》宙外氏は此際大に一行を歓迎し、記念として同地に一大句碑を建設すべしといふ」と記されており、同年に鏡花が猪苗代湖畔を訪れた可能性があるが、実際に来たかどうかは不詳。

・大正十年（一九二一）　鏡花四八歳

五月十日頃、すゞ夫人同伴で東北旅行へ旅立つ。午後六時半上野発の夜行列車で平泉へ。その後、松島で一泊し十三日午後に飯坂温泉へ来遊。赤川河畔の泉洲閣に投宿したとされるが、後述のように再検討の必要がある。十五日まで滞在か。この旅行の際に白河へも立ち寄った可能性がある。

飯坂温泉絵葉書（大正初期頃）

資料的に裏づけが取れる鏡花の福島県来遊はこの三回（または四回）だけである。澤正宏によれば、彼はとりわけ福島が好きな作家だったとのこと（『ふるさと文学さんぽ福島』大和書房、あとがき）なので、これ以外にもお忍びで来県しているかもしれない。なお、昭和二年（一九二七）八月に東北本線経由で十和田湖へ取材旅行に行っており当地も通過している。

## 福島を舞台とした鏡花の作品

泉鏡花と福島というと従来は、飯坂温泉の紀行文「飯坂ゆき」と、会津若松を舞台とした小説「白羽箭《はくうぜん》」「弓取町人」が取り上げられる程度に過ぎなかった。しかし、実はそれ以外にも彼は幾多の福島県が登場する作品を残しているのだ。

私が知り得た範囲で、それらの作品一覧をタイトル、ジャンル、舞台地、発表年の順に示しておく。

①「会津より」 随筆 会津若松 明治三十二年（一八九九）
②「弓取町人」 小説 会津若松 明治三十三年
③「会津めぐり」 紀行 会津若松 明治三十三年
　無署名だが鏡花執筆と推定される。『新小説』明治三十三年七月号掲載、『鏡花全集』未収録。
④「行々子」 小説 会津若松 明治三十五年
⑤「白羽箭」 小説 会津若松 明治三十六年

この作品と会津との関連についての論考としては、野沢謙治「城・周辺・女―

「白羽箭」における場の関係」（郡山女子大学『紀要』二八集）と田中励儀「「白羽箭」の成立過程―泉鏡花と会津若松」（『泉鏡花文学の成立』双文社出版）が秀逸。
⑥「柳小島《おじま》」小説　猪苗代湖畔　明治三十七年
⑦「怪力」随筆　会津　明治四十二年
⑧「銀鼎《かなえ》」小説　白河付近　大正十年（一九二一）
⑨「続銀鼎」小説　東北本線　大正十年
⑩「飯坂ゆき」紀行　飯坂温泉　大正十年
⑪「奥州白河の鳴蛙」アンケート回答　白河　大正十年
⑫「龍膽と撫子」（前半部の初出タイトルは「黒髪」）小説　飯坂温泉　大正十一～十二年
⑬「燈明之巻」小説　白河郊外、五・六里の片原　昭和八年（一九三三）
⑭「神鷺之巻」小説　白河郊外、奥州関屋の在　昭和八年
「燈明之巻」の後篇。関屋、及び⑬の片原は架空の地名だが、いかにも白河周辺の地名を連想させるネーミング。

その他、作品の舞台は県内ではないが戯曲「天守物語」に登場する亀姫は猪苗代城の妖怪という設定。小説「眉かくしの霊」に登場する若夫人も「福島の商家の娘さん」という設定である。

②④⑤⑥の小説は明治三十二年以降の二度（または三度）にわたる会津滞在の際に、深夜の鶴ヶ城で月を眺めたことや猪苗代湖畔を訪れたことなどの実体験が色濃く投影されている。⑥はこれまで猪苗代湖との関連で紹介されたことはまったくない注目作。鏡花と白河の関連も等閑視されているが、今後の課題として⑧⑨⑪⑬⑭は検討を要する。これらの作品を読むと大正十年五月の来県時に、鏡花が白河へ立ち寄った（あるいは一泊した）のではないかと推測される。

このように、意外と鏡花は数多く福島を描いた作品を執筆しているが、そのうち⑤〜⑩、及び⑫「龍膽と撫子」前半部の初出「黒髪」は『新編泉鏡花集』第一〇巻（岩波書店　平成十六）に収められている。特に「黒髪」は本書が初収録。解説や月報も福島県との関連が詳細で、巻末には「作中地名索引」が附され必読の文献だ。『新編泉鏡花集』全一〇巻別巻二巻は作品舞台の地域別というユニークな編集で、初刊本初出誌を底本とし、挿絵口絵も初刊初出のそれを転載しているのが貴重。「黒髪」は水島爾保布《におう》の挿絵が魅力的で、飯坂付近の風景や主人公の少女三葉子《みわこ》などが描かれている。「柳小島」は鏑木《かぶらき》清方の挿絵がよい。同別巻一には『鏡花全集』（岩波書店）に洩《も》れた新資料として④⑪を採録。別巻二収録の鏡花年譜は現時点で最も詳しい。

鏡花が福島県に惹かれ多数の作品を創作した理由は、前述のように猪苗代湖畔の書屋に居住していた後藤宙外との縁が看過できないが、それ以上に会津や飯坂温泉などの風光が彼の特異な幻想とモノ語りの感性に、強いインスピレーションを喚起したと見るべきであろう。

「黒髪」（「龍膽と撫子」前半部初出）の水島爾保布挿絵

## 鏡花と飯坂温泉

大正十年（一九二一）五月十日頃、泉鏡花は愛妻すゞを伴って上野発の夜行列車に乗って東北旅行へ出発した。因みに鏡花はＳＬマニアで、特に石炭の黒煙とそのにおいが大好きであった。もうもうと煙を上げて突き進む蒸気機関車に乗って、各地を旅行することが楽しみであったという。平泉、松島を巡った後、十三日午後に東北本線伊達駅で汽車を降り、そこから人力車で飯坂へ向かった。当時はまだ福島―飯坂間の電車が開通していなかったためである。福島―伊達―飯坂を結ぶ小型の蒸気機関車、つまり軽便鉄道は走っていたが乗り継ぎ時間の関係であろうか、それには乗らず人力車を利用している。河鹿《かじか》の鳴く渓流に面した温泉の情緒を鏡花が満喫した様子は、彼の紀行文「飯坂ゆき」に詳しい。

鏡花は四八歳、同行のすゞ夫人は八歳年下であった。すゞが芳紀《ほうき》まさに一七歳の時、神楽坂で桃太郎の名で左褄《ひだりづま》を取っていた彼女を鏡花は見初めた。若く美しかった母親鈴《すず》と幼年期に死別した悲痛な体験がトラウマとなっていた鏡花は、亡母を原型とする儚く美しく妖艶な女性を聖なるものとして生涯描き続けた作家である。その母親、鈴と同じ名のすゞと共に過ごした湯の街飯坂は強く印象に残ったことであろう。鏡花の文芸上の恩師尾崎紅葉も明治三十年(一八九七)に、飯坂温泉とその近傍の穴原温泉に遊んでいる。紅葉は芸妓すゞと鏡花の交情に強く反対した。二人が結婚できたのは紅葉の歿後であったが、そのような感慨も含めて紅葉のことを飯坂温泉で偲んだかもしれない。

鏡花夫妻の宿泊した旅館は「飯坂ゆき」には明山閣と記されているが実在しない。地元の文人吉田笙人の書いた随想「文化人の書いた飯坂」（『民友新聞』昭和三十九年九月二十一日）などによると、摺上川の支流赤川沿いの温泉にあった泉洲閣がそれに当たるという。「龍膽と撫子」に登場する銀山閣を何となく連想させる名称である。なお、鏡花の短篇「凱旋祭」には「銀山閣といふ倶楽部組織の館《やかた》」も出てくる。

当時の資料によれば赤川沿いの温泉街は「渓水潺《せん》々として檐下《えんか》を流れ、閑雅幽邃些の塵影も止め」ず「風流詩文を友とするの士」に適し（手塚魁三『飯坂ラヂユウム温泉』大正四）、「渓底水辺に旅舘泉州《ママ》閣赤川屋等の建築層楼流れに映じて管絃の音、温

赤川沿い温泉絵葉書（大正後期頃）

泉洲閣絵葉書（大正初期頃）

泉の香り、湯の煙り河鹿の鳴く音と共にそこに籠り橋行く人の足を止めしむ」（石塚直太郎『飯坂湯野温泉遊覧案内』昭和二）とあり、往時の風情が窺われる。泉洲閣は「飯坂第一流の旅舘たり、客舎宏壮別館あり前面は断崖に対し、後面は丘を負ひ巌あり、樹あり欄下は即ち赤川の渓流にして閑雅秀麗宛然一小仙境なり」（中野吉平『飯坂湯野温泉史』大正十三）と記録され、菊池寛も定宿にしていた。ここの温泉熱を利用して作るラヂウム卵と甘酒が名物であった。鏡花たちは五月十三日から十五日まで飯坂に滞在したと推定される。「龍膽と撫子」に登場する紳士が十五日に同地を出立する設定になっており、この辺は実体験を反映していることが鏡花の場合は多いからである。

泉洲閣は古い観光案内などで調べてみると昭和三十年辺りまでは営業していたよう

だ。その後、にへい（のちに二瓶）旅館と名が変わり、同館も昭和五十年頃に廃業している。泉洲閣の跡地を探索すべく数年前、赤川橋周辺の旅館を巡って聞き取り調査を実施してみたことがある。どこもたいへん親切で、わざわざご高齢の経営者が奥から出てきてお話してくださったところもあるが、泉洲閣をはっきりと記憶している方は残念ながらいなかった。『飯坂湯野温泉史』に附された地図や私の資料コレクション、ポチ文庫所蔵の『飯坂湯野温泉案内鳥瞰図絵』（昭和初期発行）などを照らし合わせてみると現在、プラザホテル吾妻（飯坂町小滝）が建っているところの裏側、赤川に面した辺りがその跡地に当たる。泉洲閣と隣接していた金瀧は今も同じ場所で営業しており、赤川沿いの温泉街は旅館の建物こそ新しくなってしまっているが、地形や自然景観は昔日の有様を色濃く残している。赤川橋から欄干下を眺めた時、古書店から入手した戦前の観光絵葉書に写っている煉瓦蔵が、そのまま建っているのを発見し感激した。飯坂町の歴史、文学散歩はとても楽しい。

しかしながら、「飯坂ゆき」と照合してみると、鏡花夫妻の投宿先を赤川沿い温泉の泉洲閣とするのは疑問点も多い。若葉町の遊廓の前を人力車で通り過ぎて着いた場

赤川に架かっていた新十綱橋絵葉書（大正後期頃）

所であることや、渓流に臨む崖上の宿であることは一致するが、宿の窓から見える景色の描写が明らかに異なっているのだ。宿泊地の特定については、引き続き丹念な考証が必要であろう。

いずれにしても三日間ほど彼らは飯坂の温泉に逗留《とうりゅう》し、周辺の風光を心ゆくまで楽しんでいる。摺上川の十綱橋。赤川の清流に架かる吊橋の新十綱橋（現在の赤川橋の位置にあった。摺上川に架かっている今の新十綱橋とは別物）とその周辺に広がる桑畑。千人風呂や大正三年（一九一四）に森鷗外も視察に来たことがある仙台衛《えい》戍《じゅ》病院分院。鏡花が好んだ紅灯の花街、若葉町遊廓。さらに彼は寺院や周辺の山野へまで足を延ばした。それら昔日の飯坂温泉情景は、鏡花という耽美官能のモノ語りの発火点となり、「龍膽と撫子」という幻想の異空間に永遠に封じ籠められたのである。

## 飯坂温泉幻想「龍膽と撫子」

泉鏡花の未完の長篇小説「龍膽と撫子」は、研究者の間で長らく黙殺されていた。作品の成立過程やストーリーに紆余曲折が多く、特に続篇の部分は未定稿とされ鏡花生前には本として出版されなかったことも影響していたのであろう。しかし近年、その初出雑誌の発見などと共に近代文学研究者たちによる再評価の機運が高まり、いくつかの本格的な作品論が発表され始めた。この小説は鏡花が飯坂を訪れた翌年の大正十一年から十二年にかけて『良婦之友』『女性』に連載発表され、十三年にプラトン社から『りんだうとなでしこ』のタイトルで単行本として出版されている。ただし、大正十二年二月以降の『女

『りんだうとなでしこ』扉絵

性』連載分は『りんだうとなでしこ』や春陽堂版『鏡花全集』では省かれ、鏡花が亡くなった後に刊行された岩波書店版『鏡花全集』巻二八に初めて「龍膽と撫子　続篇（未定稿）」として収録された。

次にこの作品のストーリーを紹介しておこう。

薫風の五月中旬に飯坂温泉を訪れた紳士（のちに東京の美術学校教授で彫刻の名匠、毛利織夫とわかる）は、付近に桑畑の広がる吊橋の上で可愛い少女に出逢う。次の引用は『りんだうとなでしこ』（プラトン社）によったが総ルビをぱらルビに改め、明らかな誤植は訂正した。

　桑の実は、白い日影に青かつた。何《ど》うしてこぼれたか、此が今朝透明な湯槽《ゆをけ》の中に浮いて居たつけ……摘んでも見たが青かつた。

　鉄骨だが、細い仮橋だね、覗くと凄いほど深い、非常な巌の絶崖《がけ》で、底の方に藤の花が暗く見える。

　渡りかけるとギイ〳〵と鳴つた。（略）

すると、桑畑の中を潜つて、ちよこ〳〵と出て来た七つばかりの女の児がある。私の袖の傍を、ちよろりと橋を渡つて行くから、「姉ちやん此の橋は危くないかい。」と言ふと、人見知りもせず、色の白いのが、ぱつちりした目で振向いて、「危いわ。」と言つて莞爾《につこり》した。（略）可愛い口で、酸模草《すかんぽ》をちゆツ〳〵……と吸つて食べて居る。

（略）

顔を視て此方《こつち》も笑つて、「ぐら〳〵揺れはしないかね。」と言ふと、「揺れるわ。」とひよいと後歩行《うしろあるき》をする。愈《いよ》々おどかすなコイツと言ふ気で、づか〳〵渡り掛けて中途に成ると、何うだい。其の女の児が、小さな腰で発奮《はずみ》を呉れて、橋板を踏んで揺《ゆすぶ》つた。ぐら〳〵ゆら〳〵と其の揺れる事――アツと欄干に噛《かぢ》りついた、真個《まつたく》だ。（略）うけ口を一寸掬《しやく》つて、「臆病、小父ちやん入らつちやい。」可《い》いもの遣ろかで、酸模草を、日にきら〳〵と翳《かざ》しながら、ついと渡り越して、畝《うねり》の道を桑畑で見えなくなつた。

紳士は山神、山姫のおつかい姫に逢ったような不思議な気がした。翌日には、鎮守の森の傍らを流れる小川の岸辺で、そのおつかい姫とよく似た青いリボンを結んだ可憐な少女に出逢い、その美しい黒髪を撫でて慈しむ。明らかに二人の少女はダブルイメージになっているのだ。身なりが粗末なのを哀れに思い、人力車の車夫に託して毎月送金することにする。その少女は両親兄姉を亡くした薄幸の境遇で、名は三葉子《みわこ》。飯坂温泉の旅館銀山閣の主人が引き取り、同じく養女の薫と共に姉妹として大切に育てる。

薫は女優となって東京で三葉子と同居する。ある夜、暴漢が押し入り薫に短刀を突きつけて犯そうとするが、彼女は身代わりに隣の部屋で寝ている三葉子を差し出す。煽情的な嬲《なぶ》りの場面を描く鏡花の筆は、江戸の危絵《あぶなえ》さながらに情痴の限りを尽くし、冴えに冴えわたる。三葉子は処女の身に酷いことをされても、かの紳士が愛し撫でてくれたこの黒髪だけはそんな目には遭わせられない、と言って暴漢の短刀を借りて黒髪を切ろうとする。情にほだされた男は彼女には何もせずに立ち去った。のちに薫は、その時三葉子が凌辱されたことにした芝居を上演し評判をとる。この作品の前半が最初「黒髪」というタイトルで発表されたのは、この場面に由来する。

蛇つかいの妖婦黒川菖蒲《あやめ》に魅入られて、大金を強請《ゆす》られた傷心の若き彫刻家鶴樹雛吉（鶴来一雛）は、故郷へ戻った三葉子を慕って飯坂温泉へ来て、彼女と相愛の日々を過ごす。摺上川の支流赤川に架かる吊橋での出逢い、その付近に広がる桑畑で二人して桑の実を食べるシーンが印象深い。桜の大木運搬の際、景気づけに上にまたがった三葉子を裸にしろと狂乱する若者たちを鎮めるために、裸身の人形を作ることを雛吉は約束し実行に移す。銀山閣を舞台に鏡花お得意の人形奇譚《きたん》も登場する。

突然、飯坂の山奥茂庭のお大尽、茂庭の茂十郎が「奥州第一之美人」三葉子に求婚する旗を掲げて現れ、取り巻きを引き連れて温泉で豪遊。実はこの奇怪な男は山窩《さんか》の悪党たちの頭目蛇松の鱗五郎で、飯坂の銀行の金庫を奪って温泉を去る。鱗五郎は以前に薫と三葉子を襲った男と同一らしく、さらに雛吉を騙した黒川菖蒲の夫とも目される。三葉子と雛吉の清純な世界に執拗に襲いかかる、不気味な兇賊たちという構図になっているのだ。その他、多彩な人物と妖艶な女性たちの幻影が乱舞し、数多《あまた》の挿話が万華鏡のごとく錯綜するプロットの行方は混沌として、迷宮の魔術師泉鏡花ワールド全開の長篇である。

「龍膽と撫子」の撫子は三葉子の象徴で、もちろん紳士（毛利織夫）が幼い彼女の黒髪を愛撫したことに由来する。撫子には撫でて可愛がっている子の意味があり、彼女の成長を「撫子の色増り行く」と表現、撫子の花を浮き彫りにした簪《かんざし》を挿している場面もある。龍膽は三葉子が雛吉に贈った鑿《のみ》の刃に龍膽の花びらが見えることから、雛吉を暗示しているのであろう。つまり、この小説は雛吉と三葉子の絆と恋を中心とした物語なのだ。さらに、鶴樹雛吉は毛利織夫の彫刻の弟子なのだが容貌がそっくりで、織夫と美貌の人妻との不思議な縁《えにし》によって生まれた子ではないかという風説が伏線となっている。織夫と雛吉の二人の男たちにわたる、三葉子への純愛劇でもあるのだ。

## 飯坂文学散歩の作品として

ＮＰＯ法人いいざかサポーターズクラブでは、町興し活動の一環として、飯坂町の十綱橋にまつわる伊達一伝説などを素材とした映画「ＴＯＺＮＡ」を制作した。パルセいいざかで平成二十二年一月に開催された試写会でさっそく観てみたが、前半は観光案内、後半はなぜか突然Ｒ18指定のポルノ映画になって、ぱっと目が醒めた。乏しい制作費をやり繰り算段しての意欲作であることは認めるけれど、観光地巡りのシーンも通り一遍な印象だ。

名湯飯坂温泉には近世以降たくさんの文芸家が来遊し、当地を舞台とした文芸作品を残している。泉鏡花の「飯坂ゆき」など既によく知られているものが多いけれど、本書で紹介した彼の「龍膽と撫子」にも注目して欲しいと思う。本作は大半が飯坂を舞台としており、特に後篇はほとんどそこで物語が展開する。大正後期の当地の情景を巧みに描いたこの小説は、飯坂文学散歩のための好個の作品としても楽しめる。鏡花のモノ語った妄想めいた虚構世界には、現実世界にその幻想の発火点となった素材を辿り得るものが多いからである。二本松市が最近、幸田露伴との関連をPRして町興しに活用していることも参考となろう。

岩波文庫、河出文庫などの文庫本で最近、次々とその作品が復刊されている久生《ひさお》十蘭は熱狂的なファンの多い特異な作家だ。彼の「ところてん」は飯坂温泉に逗留中の画家と、おきゃんで優しい芸者との交渉を描き、温泉情緒がそこはかとなく漂う佳作である。タイトルはおばあちゃんが営業している十綱橋袂《たもと》の心太《ところてん》屋で二人仲よく心太を食べたり、摺上川河畔の芸者の部屋で深夜にデートする約束を交わしたりする場面に由来する。十蘭は実際に飯坂へ保養に来たことがあるらしく、短篇「つめる」にも飯坂温泉が出てくる。なお、彼は会津若松へ疎開しており「橋の上」は終戦時の会津の集落が舞台だ。国書刊行会から出版の『定本久生十蘭全集』を仔細に読めば、さらに福島県内を描いた作品が見つかる可能性もある。久生十蘭と福島も今後の追究テーマとして興味深いと思う。

# フークトーブと宮沢賢治

## 福島に対する賢治の不思議なこだわり

伊藤チヱという若い女性の住む東京都下の大島へ、宮沢賢治は昭和三年（一九二八）に船で渡った。花巻で賢治はチヱと内々にお見合いをしたことがあり、彼女に好意をもっていたらしい。その大島渡航の情景に材を得た「三原三部」という詩がある。その一節。

たゞどんよりと白い日が
うしろのそらにかかって居り

却《かえ》って淡い富士山が
案外小さく白い横雲の上に立ちます
わたくしはいま急いではね起きて
この甲板に出て来ますと
……福島県

唐突に「福島県」と呟く感じ。その後には次のような一節もある。

……甲板の上では
福島県の紳士たちが
熱海へ行くのがあらしでだめだ〔と〕つぶやいて
いろいろ体操などをやります……

ことさらに「福島県」と書いているのは、賢治が本県に対して固有のイメージをもっていたからであろう。彼の童話「耕耘部の時計」の次の箇所も気にかかる。

「お前、郷里《くに》はどこだ。」農夫長は石炭凾にこしかけて両手を火にあぶりながら今朝来た赤シャツにたづねました。

「福島です。」

賢治の故郷である岩手はともかく、それ以外の県で奇妙なこだわりを感じさせるのは福島だけのような気がする。さらに詳しく調べてみると、彼と福島は様々な深い関わりがあったことが判明してきた。故郷岩手県を賢治は、エスペラント語風の愛称でイーハトーブと呼んだ。それに倣って言えば、福島県はフークトーブだ。フークトーブと賢治との関係をその生涯を追いながら探ってみよう。

なお、大正五年（一九一六）に盛岡高等農林学校の学生だった賢治は福島市を訪れ短歌を創っているが、これについては次章「宮沢賢治と阿武隈川、信夫山の短歌」で詳しく述べたのでご覧いただきたい。

## 賢治に仏教文学の創作を奨めた高知尾智耀

高知尾智耀《たかちおちよう》（一八八三生〜一九七六歿）は日蓮宗系の団体である国柱会に所属した宗教家で、宮沢賢治に仏教文学の創作を鼓吹《こすい》した人物として知られる。童話作家賢治の誕生に決定的な役割を果たした智耀もまた、福島と深い関わりがあった。

大正十年（一九二一）一月、花巻の自宅で店番をしていた賢治の頭上に突然、仏教書が落ちてきた。仏の啓示だと直観した彼はそのまま家出をして上京、以前から傾倒していた田中智学の主宰する国柱会を訪れる。その時対応した高知尾智耀は賢治に法華文学の創作、すなわち文芸によって大乗仏教の教えを広めることを奨めた。この事件をきっかけとして、賢治は猛烈な勢いで童話を執筆し始め、一か月間に三〇〇〇枚の原稿を書いたという有名な、しかし信じ難い伝説が残されている。だが、「銀河鉄道の夜」に代表されるような、汎宇宙的な仏教精神に基づく幾多の名作を賢治が創作し続けた原動力が、智耀からの諭《さと》しであったことは確かだ。

智耀は千葉県の生まれで、本名は誠吉という。早稲田大学の前身、東京専門学校の哲学科を卒業後、福島県の旧制磐城中学の教師として赴任した。磐城高校の同窓会名簿によると、明治三十九年から大正三年まで八年間在職し、英語と修身が担当であった。この間に本化仏教夏季講習会に参加して入信を決意、磐城中学を辞めて国柱会の創設に参加し、同会の講師、理事を務めた。

磐城中学時代の彼に関する資料によれば、生徒たちに「本化妙宗の教義」と題して講演したり布教活動に熱心で、「眼底異彩あり。(略)深く日蓮宗に帰依して俗塵を厭ひ」その一方、テニスや野球を楽しむスポーツマンでもあったらしい。

賢治についての回想記を智耀はいくつか書いている。その一つで彼は次のように述べている。

高知尾智耀

私にはあらたまって、彼に対し、法華文学の創作を勧奨した記憶はないのであるが、末法に於ける法華修行のありかたについて、田中智学先生の平素教えられていることを私は熱心に彼に話したように思う。即ち、末法に

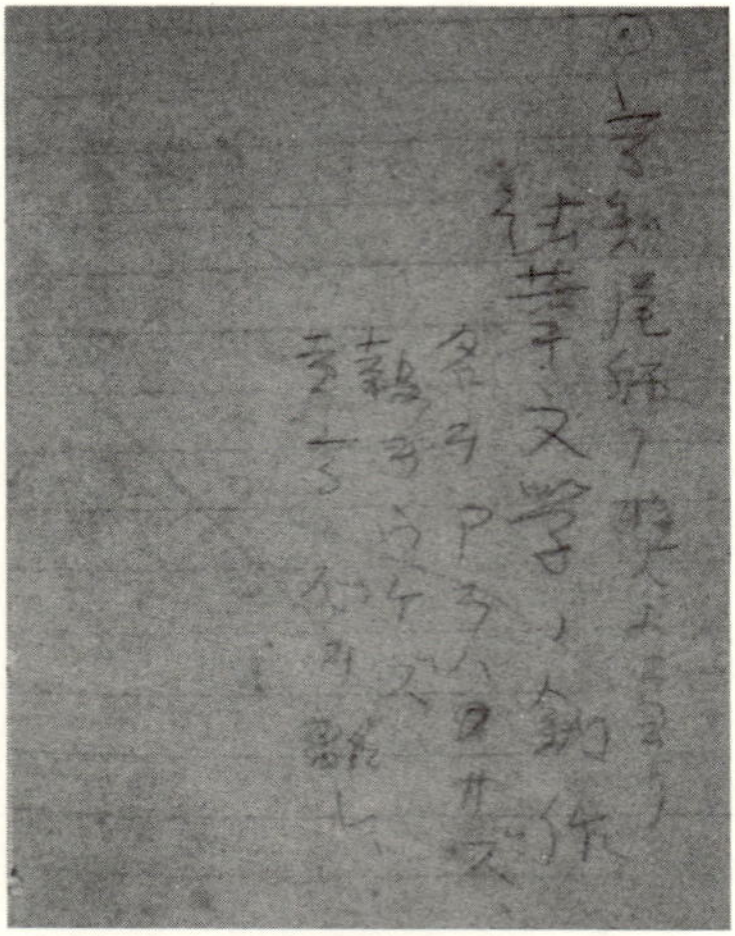

賢治手帳。「高知尾師ノ奨メニヨリ法華文学ノ創作」と記す

於ける法華の修行は、所謂《いわゆる》出家して僧侶となり、仏道に専注するのが唯一の途ではない。法華経の正しい信仰に入ったならば、農家は鋤鍬《すきくわ》を以て、商家はソロバンを以て、文学者はペンを以て、各その人に最も適した道に於て法華経を身に読み世に弘むるのが、末法に於ける正しい修行のありかたであると云うことを力説したと思う。

それを聴鋭な賢治は、私が法華文学の創作を勧奨したと受取ったのであろう。

（「宮沢賢治と法華文学」、『宮沢賢治の宗教世界』溪水社）

賢治が手帳に「高知尾師ノ奨メニヨリ　法華文学ノ創作」と明確に書き残している事実を想起しながらこの文章を読むと、智耀の奥ゆかしい謙虚な人柄がよくわかる。

有名人との関係は、とかく針小棒大に吹聴しがちなものなのだが、智耀はむしろ賢治への影響を否定的に語り、彼の聡明さを讃えているのだ。

ますます私は、智耀という人物に関心を抱くようになった。このように高潔な精神の仏教徒であったからこそ、賢治に多大な感化を与えることができたのであろう。

智耀の書いた賢治関連の文などを集めた『わが信仰わが安心』（真世界社）という小冊子がある。その中の「二つの感激」末尾に記された「宮沢賢治の妹年子《ママ》さんのように、私の妹房子は私の信仰のよき共鳴者であった」という言葉が印象深い。

智耀の妹房子は小学校の教師であったが、授業中に倒れ急逝した。賢治の最愛の妹トシも教師をしており、彼の法華経「信仰を一つにするたつたひとりのみちづれ」（詩「無声慟哭」）であったが、早世してしまった。自分の妹を賢治の妹と重ね合わせながら愛惜した智耀の言葉は、彼らの深い精神的通底を示唆しており、きわめて重要である。賢治と智耀は巡り合うべくして出会う宿縁にあったのだ。そして、智耀が以前に福島で教師をしていたことがあるという事実もまた、賢治の記憶に刻み込まれた。

## 磐梯山噴火と賢治

宮沢賢治に関する論考やエッセーは、夜空の星のごとく無数に発表され続けている。その研究もますます細緻になっているが、「グスコーブドリの伝記」に出てくるサンムトリ火山噴火の描写は、明治二十一年（一八八八）の磐梯山大噴火がモデルになっているという新説（米地《よねち》文夫「宮沢賢治「グスコーブドリの伝記」のサンムトリ火山」、『宮沢賢治研究 Annual』三号）が現れた時は、さすがに私も驚いた。

サンムトリ火山は名前の類似性などから推して、ギリシアのサントリン火山がモデルとする説が有力であった。ところが地理学者米地文夫は、磐梯山噴火がこの童話に重大な影響を与えたのではないかと推論したのだ。「グスコーブドリの伝記」の中で、サンムトリ火山の噴火は次のように描写されている。

俄《にわ》かにサンムトリの左の裾《すそ》がぐらぐらつとゆれまつ黒なけむりがぱつと立つたと思ふとまつすぐに天にのぼつて行つて、おかしなきのこの形になり、その足もとから黄金《きん》色の鎔岩がきらきら流れ出して、見るまにずうつと扇形にひろがりながら海へ入りました。と思ふと地面は烈しくぐらぐらゆれ、百合の花もいちめんゆれ、それからごうつといふやうな大きな音が、みんなを倒すくらゐ強くやつてきました。それから風がどうつと吹いて行きました。

この噴火の状況は、磐梯山噴火のそれと同じだという。鎔(熔)岩が流れ込んだ海は、猪苗代湖に擬せられる。野口英世の恩師として有名な小林栄が、噴火の目撃スケッチを残しているがやはり、最初に黒煙が上がり、奇妙なきのこ形になったことを記録している。さらに米地文夫は、賢治が深く傾倒した仏教社会運動家田中智学の「磐梯紀行」に注目する。智学は噴火直後、ただちに写真師を連れて現地へ赴き、その惨状を「磐梯紀行」と題して『読売新聞』に連載報道し、全国に救援を訴えた。この紀行文は昭和六年(一九三一)に出版された智学の著作集『獅子王全集』に収録されたが、当時、噴火を重要なモチーフとする童話を執筆中であった賢治は、この全集で「磐梯紀行」を読み、強く心を動かされたのではあるまいか。その感動が「グスコーブドリの伝記」の成立と内容に大きく関わっている。というのが米地説の概略だが、その他にもいくつかの傍証が示されており、なかなか説得力がある。

もちろん文芸作品はフィクションの世界だから、無理に事実やモデルにかこつけて観賞する必要はないわけだが、賢治の名作童話が福島県を代表する秀峰磐梯山と何らかの関連をもっていると思うと、より一層親しみが増すのではないだろうか。

## 福島市の獣医師、千葉喜一郎

晩年の宮沢賢治は岩手県にあった東北砕石工場の技師となり、酸性土壌改良にも効果のある農業用肥料として、石灰岩抹（炭酸石灰）販売のセールスマンみたいな仕事に情熱を傾けた。石灰の見本を詰めた重たい鞄を持って東北各地を連日巡り歩き、無理がたたって体調を崩して命を縮め、遂に亡くなってしまう。そのような、農民のために炭酸石灰の普及に一途に挺身《ていしん》した賢治の行動に、大きな励ましを与えた人物が千葉喜一郎（一九〇二生～一九八四歿）であった。

彼のことは『新校本宮澤賢治全集』（筑摩書房）第一五巻本文篇に収められた、東北砕石工場の経営者鈴木東蔵宛の賢治書簡の中に出てくる。書簡番号四一二と四五三ａ

で、同巻校異篇と併せて参照いただきたい。また、同全集第一六巻（下）収録の「年譜」昭和七年（一九三二）四月十七日の項には、前述の賢治書簡を典拠として次のように記載されている。

福島市獣医千葉喜一郎、村松舜祐博士の紹介により来訪。農林省委託として砕石工場搗粉と房州砂、三春産のものを家畜に与える飼養試験を行い、その結果工場産のものは薬用炭酸石灰に劣らぬ良成績をあげ、他産のものとうてい及ばざるを確認したという。これにより千葉は農林省佐藤繁雄博士と共名で報告に工場名を明記する一方、福島・栃木・新潟方面の一手販売を引きうけたいとのことである。

千葉喜一郎

文中の工場は東北砕石工場のことで、佐藤繁雄も福島県出身の人物だ。千葉喜一郎はわざわざ花巻の賢治宅を訪問し、試験の結果、同工場産の炭酸石灰を使った家畜飼料はとても優良なので、福島・栃木・新潟方面の一手販売を引き受けたいと申し入れたのである。昭和六年九月、賢治は東京へセールス活動に出かけた際に過労と病気で倒れ、喜一郎たちが訪れた時は自宅で静養中であった。石灰岩抹の新たな販路に、賢治が欣喜雀躍《きんきじゃくやく》したことは想像に難くないし、その普及の仕事に一層尽力する励ましにもなったであろう。晩年における賢治の献身的な行動に、喜一郎が影響を及ぼしたと推定する理由である。

なお、賢治はこのセールスの仕事で福島県へも来ていた可能性がありそうだ。当時の手帳や東北砕石工場関係の自筆資料には「磐城セメント　福島県四ツ倉」「白河軍馬補充部」「西白河郡西郷村軍馬補充部白河支部」「河沼郡広瀬村広瀬村農会」の文字が記されている。

千葉喜一郎は福島市生まれ。旧制福島中学、盛岡高等農林学校獣医学科卒。福島市内で家畜医院を開業し名医として有名であった。福島県獣医師会の会長などを務めており、その業績は『福島県農業史　五　人物』に詳しい。現在は千葉小動物クリニックの名称で、遺族が医院を引き継いでいる。

盛岡高等農林学校で喜一郎は賢治の後輩に当たる。彼が突然、花巻の宮沢家を訪れたのは先輩である賢治に親近感を抱いていたからであろう。佐藤通雅『宮沢賢治 東北砕石工場技師論』（洋々社）によれば賢治も炭酸石灰の販路拡張に、盛岡高等農林同窓生の緊密なネットワークをかなり活用していた。実際に賢治と会ったことのある喜一郎が、彼の思い出を雑誌などに書いていそうな気がするけれど、残念ながら見つけることができないでいる。

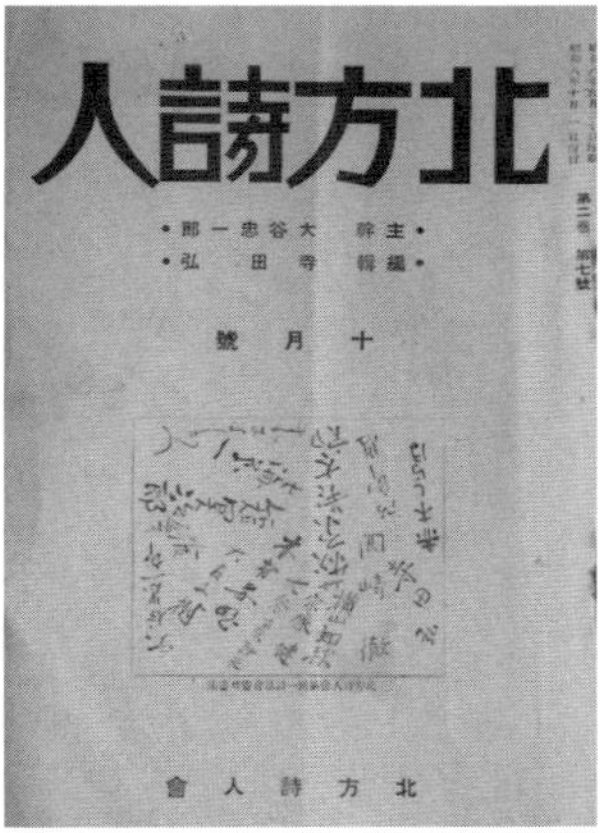

賢治の最後の詩が掲載された『北方詩人』

## 『北方詩人』と賢治

霧雨に色を鎮めた胡四王山の雑木林の坂道を辿り、「銀河鉄道の夜」に出てくるようなシグナルを越えると、閑静な宮沢賢治記念館があり、その中はもはやイーハトーブの小宇宙であった。数十年前に初めて花巻のその記念館を訪れた時のことである。賢治の遺稿や愛用のチェロなどを夢見心地で眺めているうちに、彼が生前寄稿した最後の詩誌は、なんと福島県内で発行されていた『北方詩人』であったことに気づいた。

『北方詩人』は昭和二年（一九二七）に安積《あさか》郡豊田《とよた》村（現郡山市）の北方詩人会から創刊され、幾多の俊英詩人を結集して、その誌名が顕示するように東北を代表する詩誌の一つであった。賢治以外にも高村光太郎、北園克衛、春山行夫、金子光晴ら、錚々《そうそう》たるメンバーが詩を寄稿しており、もちろん福島県内の詩人たちも多数作品を載せている。同誌は戦後も福島市で復刊されているが、戦前期のものは散逸してしまって、現在入手することはきわめて困難だ。しかし幸運にもその後、かなり高価だったが古書店から賢治の最後の詩が掲載された『北方詩人』を手に入れることができた。私の資料コレクション、ポチ文庫の自慢の一冊である。

昭和八年（一九三三）夏、花巻で死に到る病の床に臥していた賢治宛に、当時須賀川にあった北方詩人会より原稿依頼の手紙が届いた。それに応えて送った詩が「産業組合青年会」で、同年秋の十月発行『北方詩人』に遺稿として発表された。その詩を転載する。

祀《まつ》られざるも神には神の身土《しんど》があると
あざけるやうなうつろな声で
席をわたつたそれは誰だ
……雪をはらんだつめたい雨が
　闇をぴしぴし縫つてゐる……
まことの道は
誰が云つたの行つたの
さういふ風のものでない
祭祀の有無を是非するならば
卑賤の神のその名にさへもふさはぬと
いきまき応へたそれは何だ
……ときどき遠いわだちの跡で

水がかすかにひかるのは
　東に畳む夜中の雲の
　わづかに青い燐光による……
部落部落の小組合が
ハムをつくり羊毛を織り医薬を頒ち
村ごとの、また、その聯合の大きなものが
山地の肩をひとと碎いて
石灰岩末の幾千車かを
酸《す》えた野原にそゝいだり
ゴムから靴を鋳たりもしやう
……くろく沈んだ並木のはてで
　見えるともない遠くの町が
　ぼんやり赤い火照りをあげる……
しかもこれら熱誠有為な村々の処士会同の夜半

祀られざるも神には神の身土があると
老いて呟くそれは誰だ

賢治の童話「ポラーノの広場」に出てくるような産業組合を、いかにも彼らしい宗教的感性と清澄なレトリックで描いた詩篇だ。三春町在住の作家玄侑宗久はこの詩について、理想の共同体を夢見る若者たちへ、自然の厳しい仕打ちをもたらす神の存在を告知したものではないか（『慈悲をめぐる心象スケッチ』講談社）と読解している。理想の共同集落への希求と、それを拒む冷徹な存在（身土を持つ神）との相克がこの遺稿のテーマだとする指摘は傾聴に値すると思う。

「産業組合青年会」は九月五日に送稿された。しかしながら、そのわずか十六日後に他界した賢治には新作を執筆する気力はもはやなかったらしく、この詩は大正十三年（一九二四）に書き留められた旧稿に若干の推敲を加えたものであった。原稿には「どうか名前を迦莉《かり》又は迦利としてお出しねがひたく」という、『北方詩人』編集担当の大谷忠一郎と寺田弘宛の手紙が添えられていたが、賢治の希望とは異なって本名で発表された。この辺のいきさつについては、寺田弘『回想の詩人佐久間利秋の周辺』に詳しい。

同誌の次の号にはその死を悼む、母木光《ははきひかる》「逝ける修羅—故宮沢賢治氏の小記録」が掲載されており、福島の詩誌『北方詩人』は賢治研究資料としても、非常に重要である。なお、ほかに賢治が詩を寄稿した福島県内発行の雑誌としては、いわきで草野心平が発行した詩誌『銅鑼』第四号と一二号（ほかの号にも寄稿しているが県外発行）がある。

## フークトーブ、福島

宮沢賢治関係の福島県人で最も有名なのは、いわき出身の詩人草野心平であろう。賢治の業績を世に広めた功績は大きいが、このことについては書き尽くされている感があるので、本書では敢えて触れない。いわき市

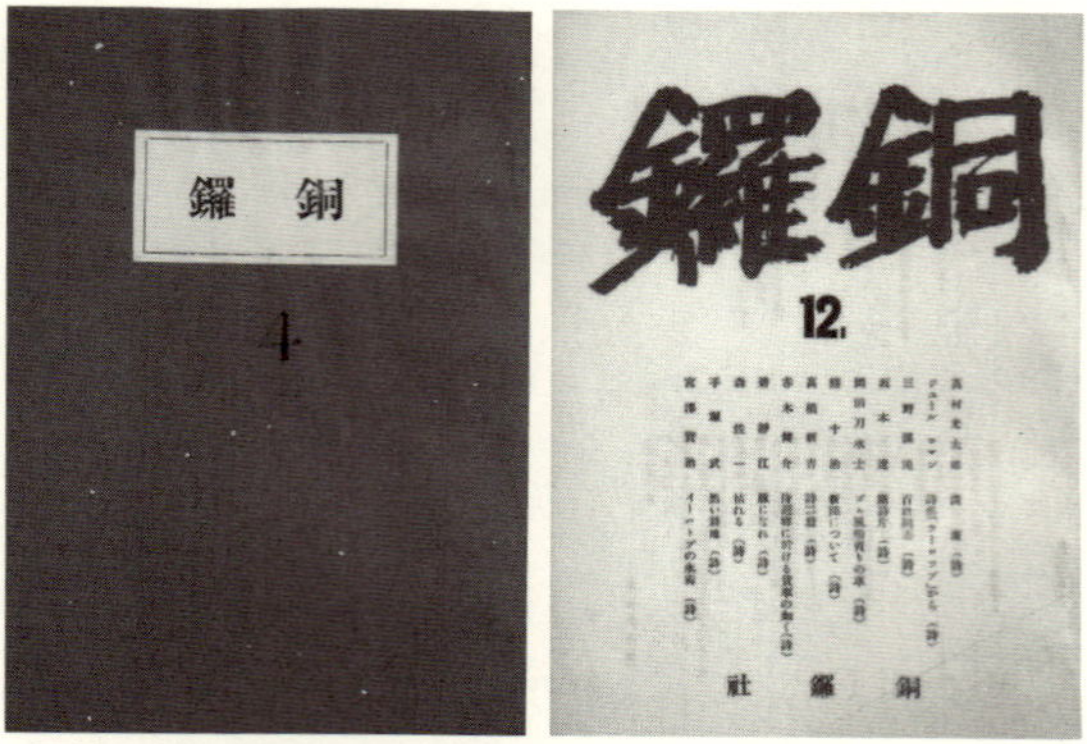

賢治の詩が掲載された『銅鑼』４号と12号（いわきで発行）

立草野心平記念文学館企画展の図録『宮沢賢治』に二人の交渉が要領よくまとめられているので、参照いただきたい。北条常久が「赤津周雄《かねお》がいなければ、今日の宮沢賢治は存在したか」（『うえいぶ』一一七号）と揚言した赤津周雄も看過できない。彼もいわき出身で中国に留学していた心平へ、賢治詩集『春と修羅』を送った人物である。当時は無名の詩人だった賢治の作品を心平は一読、瞠目《どうもく》した。周雄が心平と賢治を結び付ける端緒を開いたのである。賢治と共に『銅鑼』同人だったいわきの詩人三野混沌が、「雨ニモマケズ」の詩のモデルではないかという説もある（三谷晃一「〝百姓〟詩人三野混沌」、『詩季』三四号）。

賢治が教師をしていた花巻農学校の校長畠山栄一郎は、大正十四年（一九二五）十一月に福島県立東白川農蚕学校（現福島県立修明高校）へ校長として転任した。後任には入れ替わりで東白川農蚕校長中野新佐久が着任した。賢治のよき理解者であった畠山の福島への転出が、翌年春に彼が花巻農学校教師を辞任した一因とされる。彼の童話「フランドン農学校の豚」には、畠山校長の実際の挙動が反映しているらしい。

賢治の歿後二十五年を記念して制作された映画「雨ニモマケズ」は、昭和三十二年

（一九五七）に西白河郡矢吹町をロケ地として撮影され……何てことまで書き出すと切りがないし偏執狂めいてくるので、この辺で止めにしておく。とにかく、宮沢賢治の生涯及び文学と福島は、きわめて深くかつ多彩な連環があることを、もっと注目していただきたいと思う。

イーハトーブ、「罪や、かなしみでさへそこでは聖《きよ》くきれいにかゞやいてゐる」と賢治は言った。

そして、フークトーブ、福島でもまた……。

# 宮沢賢治と阿武隈川、信夫山の短歌

## 預言的な「グスコーブドリの伝記」

ブドリの勤務する火山局があるイーハトーブには、海岸に沿って二〇〇もの潮汐発電所が設置され大電源地帯となっている。発電所が整備される前の出来事だが、そこが恐ろしく寒い気象の自然災害に襲われたことがあった。

子どもの頃のブドリはイーハトーブの大きな森の中で、優しいお父さんやお母さん、可愛い妹のネリたちと楽しく暮らしていた。宮沢賢治の童話「グスコーブドリの伝記」に描かれている、森で木苺の実を採ったり、空に向かって山鳩の鳴くまねをして遊んだブドリとネリの幼い日々の回想は、賢治とその最愛の妹トシとの至福の幼児体験を投影しているのだ。その平穏な生活は、二年続きの夏なのに寒い異常気候の自然災害と凶作によって破壊されてしまう。お父さんとお母さんは子どもたちを助けるために食料を家に残して森へ行き、行方不明になってしまった。妹のネリは人さらいの男が背中の籠へ入れて、「おゝほいほい。おゝほいほい」と怒鳴りながら風のように連れ去ってしまう。一人家に残されたブドリは紆余曲折があったが、親切なクーボー大博士の斡旋でイーハトーブ火山局で技師として働くようになった。

自然災害が続く。サンムトリ火山の爆発は、突貫工事で電線を引いて電源を確保し、決死の工作隊がその電源を使った装置で人工爆発を起こすことによって大惨事を回避することができた。さらにイーハトーブは冷夏に襲われる。その災害を阻止するためには、カルボナード島の火山を爆発させて気層の中に炭酸瓦斯《ガス》を撒き散らす手段があるが、その工作へ行った者のうち最後の一人はどうしても逃げられない。父母や可愛い妹たちとブドリが離散したあの恐しい冷夏。人々をその悲劇から救うためにブドリは、その最後の一人となってカルボナード島へ残る。そこには火山の爆発を誘発する装置のいくつものやぐらが建ち、電線が連結されていた。次の日、人々は火山が噴煙を上げ、太陽や月が銅色《あかがね》になるのを見た。火山の噴いた炭酸瓦斯によって気候はぐんぐん温かくなって、イーハトーブは凶作から救われたのである。

大電源地帯、自然災害、装置の電源の確保、決死の工作隊。さらに、人命の犠牲によるしか方法のなかった災害からの救済。「グスコーブドリの伝記」は何とも預言的で、現在福島で起こっている大惨事を暗示する童話ではないだろうか。牽強附会、深読みし過ぎとの謗《そし》りは甘んじて受けよう。賢治が生まれた明治二十九年（一八九六）は奇《くす》しくも、今春の大震災とよく比較される三陸沖地震、大津波が起こった年であった。二万数千人という死者・行方不明者の数もほぼ一致する。賢治が信奉していた仏教の説く、末法の世の因縁めいたものさえ私は感じているのだが……。

さらに、彼が亡くなった昭和八年（一九三三）にも三陸沿岸を二三メートルの大津波が襲い、多数の死傷者が出た。この事実について賢治の弟宮沢清六は「天候や気温や災害を憂慮しつづけた彼の生涯と、何等かの暗合を感ずる」（『兄のトランク』筑摩書房）と書き残している。

## 白衣の天使が好きだった賢治

宮沢賢治は三七歳で亡くなったが生涯独身のままだった。しかし、性に関心がなかったとか女性が嫌いだったわけではないようだ。彼は浮世絵を集めていたが、春画のコレクションにも熱心であった。積み重ねると三〇《センチメートル》ほどのポルノ浮世絵を持っていたというから、相当なものである。それを隠れてこっそり見るのではなく、花巻農学校の教師をしていた時は学校へ持ってきて同僚に見せ、「この足はおかしい」「いや、こうなる」などとウンチクを傾けていたという。けっこう賢治は隅に置けない、わけ知りだったのである。

彼の生涯を辿っていくと何人もの恋人が浮上してくる。写真で見る限りだがそれらの女性に共通するのは、ふっくらとした体つきであったことだ。賢治は豊満系の女性が好みだったみたい。ＴＶタレントでいうと柳原可奈子とか森三中のような、というのはいくら何でも言い過ぎだけれども。それからこれがポイントなのだが、看護婦さんが大好きであった。

一七歳の春、賢治は盛岡市の岩手病院で鼻炎の手術を受けた。その後、高熱が続き一か月間ほど入院した。その時優しく看護してくれた少し年上の看護婦高橋ミネに恋慕し、一途に思い詰めたことはよく知られている。ミネは「愛嬌のある美しい看護婦で、窓側で時々夢見る瞳で外を眺めていた」（『宮沢賢治とその周辺』同刊行会）という。彼女を想って賢治が当時創った初恋の短歌を抄録してみる。

なお、賢治の短歌の引用は『新校本宮澤賢治全集』（筑摩書房）により、賢治自身が浄書したとされる歌稿〔B〕に統一した。①〜⑤及び後段の⑥〜⑨の番号は筆者が附したものである。

①検温器の
　青びかりの水銀
　はてもなくのぼり行くとき
　目をつむれり　われ

②十秒の碧《あお》きひかりの去りたれば

かなしく
われはまた窓に向く。

③すこやかに
うるはしきひとよ
病みはてゝ
わが目　黄いろに狐ならずや

④きみ恋ひて
くもくらき日を
あいつぎて
道化祭の山車は行きたり

⑤神楽殿

のぼれば鳥のなきどよみ
いよよに君を
恋ひわたるかも

②の「十秒の碧きひかりの去りたれば」は看護婦のミネが日に何度か賢治の手に触れて脈拍数を測ってくれた体験に基づく。病院では一〇秒間の脈拍数に六を掛けて一分間の数を算出した。ひそかに想いを寄せる女性との心ときめく一〇秒間の触れあい。「碧きひかり」のような彼女がすっと病室を去ってしまうと、急に悲しくなり窓の外を向いてしまう。彼女がよくする仕草のように。

①の検温器が「青びかり」なのに対して、彼女は「碧きひかり」なのだ。紺碧、碧玉、碧瑠璃の「碧」の字が喚起する玲瓏《れいろう》な光のイメージの乙女。

賢治は「ミネさんと結婚したい」と両親へ懇願する。父親は「まだお互い若い」と拒絶した。④⑤の短歌からは病院を退院した後も傷心の賢治がミネを慕い続けていた様子が窺われる。⑤の神楽殿は賢治の住む花巻の神社のそれを指す。この初恋がトラウマとなって賢治はその後も看護婦という白衣の天使、聖職の女性に執着し続けた。

二〇代後半の五年間ほど、賢治は花巻農学校に教師として勤めていた。彼が最も輝き生き生きと活動していた時期である。賢治は生徒のところへ家庭訪問に行き、そこで出逢った生徒の姉の澤田キヌに魅せられた。キヌは六歳年下で、当時は看護婦養成所で勉学中の看護婦の卵であった。彼女は「碧きひかり」の初恋の人ミネを彷彿とさせたのであろう。やがて賢治はその女性へラブレターめいた手紙を度々送るようになる。事情を知ったキヌの父親が賢治に交際を拒絶、結局この片恋も破局を迎えてしまう。残念ながらそのラブレターは残っていない。なお、キヌはのちに日本赤十字社の看護婦となり、従軍看護婦として太平洋戦争中は中国で活躍した。

二度あることは三度あるで、賢治は三二歳の時も看護婦に好意を寄せてしまう。その年、病に倒れた彼は花巻の自宅の二階の部屋で療養していた。裕福な宮沢家では二人の看護婦を雇い付き添いに当たらせた。その一人で当時二〇歳だった女性と仲よくなる。彼女はピアノが弾けて音楽が好きであった。賢治は自宅の病室で蓄音機を一緒に廻しレコードを聴いたりした。彼にとって、大好きな音楽を共に聴いてくれる女性が傍らにいてくれるというのは幸せな時間だったことだろう。賢治は看病してくれたお礼にその看護婦へ詩集『春と修羅』などの本やベートーヴェンのレコード（当時は高価な貴重品）、自筆の原稿まで贈呈したという。

この事実は近年になって、喜多方市出身の大八木敦彦の著書『病床の賢治』（舷燈社　平成二十一）によって初めて明らかにされた。その看護婦はこの本の出版当時一〇一歳のご高齢で、氏名は公表されていない。彼女も賢治に好意をもっていたらしく、結婚後も賢治からもらった本やレコードを大切にしていたが、嫉妬した夫が棄ててしまったという。若い頃の写真を見るとミネやキヌと同様に、賢治好みのふくよかな体つきの方だったようだ。

さて、看護婦さんフェチだった賢治の失恋史はこのぐらいにして、いよいよ本題に移る。

賢治詩集『春と修羅』函

## 賢治の阿武隈川、信夫山の短歌

大正五年（一九一六）十月初旬、盛岡高等農林学校の二年生だった宮沢賢治は全校生徒と共に仙台、福島経由の列車に乗り、山形市で開催中の奥羽連合共進会を見学に出かけた。彼は福島駅で乗り換え時間の合間に信夫山《しのぶやま》を眺望し、さらにグループを離れて一人で阿武隈河畔を訪れている。

福島と賢治短歌の解説パネル

初恋の女性との出逢いから未だ二年後、賢治はずっとそのミネという名の看護婦のことが忘れられない。その時に彼が創った短歌には、青春の孤独と断ち切れぬ恋の情念が揺蕩《たゆた》うている。

⑥たゞしばし
群とはなれて阿武隈の

岸にきたればこほろぎなけり。

⑦水銀の
あぶくま河にこのひたひ
ぬらさんとしてひとりきたりぬ。

⑧信夫山はなれて行ける機関車の
湯気に泛《うか》びて
松をこめたり

この短歌には次の異稿がある。

⑨信夫山水とりに行く機関車の
湯気のなかにて

これらの中で⑦は明らかに①②の短歌と照応しており、その想い出が木霊している。「水銀の」は水面《みなも》の煌めきと同時に①の検温器の水銀柱のイメージをいつしか喚起する。阿武隈川の流れに恋の煩悶と熱情の額を濡らす賢治。その冷たい清流は少しお姉さんの看護婦ミネが、優しく氷嚢《ひょうのう》や水枕で高熱を冷ましてくれた病室での情景を切なく想起させた。⑨の信夫山と湯気のなかで黒くゆらぐ機関車は、当時の彼の心象風景でもあった。

福島市へ来た賢治がことさらに阿武隈川と信夫山にこだわったのは、有名な歌枕として知っていたからであろう。歌枕とは和歌に詠み込まれた諸国の地名や名所のことで、それぞれの名称に由来する固有の連想イメージや情趣を作歌技法の約束事としてもっていた。阿武隈川は旧かな使い表記「あふくまかは」の「あふ」から「逢う」の意味の歌枕となり、逢うことのできない恋の悲しみなどのレトリックとして使われた。同様に歌枕としての信夫山の「しのぶ」は、「偲ぶ」「忍ぶ」と音が同じなので偲ぶ想い、忍ぶ恋などの情緒表現に効果的であった。もう一度だけでも逢いたい人を想い偲び、断ち切れない恋情を耐え忍ぶ。当時の心情を仮託するのに適切だった阿武隈川と信夫山に賢治が惹かれた理由である。⑥⑦の「阿武隈の」「あぶくま河」という言葉にはミネと「逢う」、逢いたいという願いも込められており、⑨の「信夫山」と湯気のなかで黒くゆらぐ機関車には、ミネを「偲ぶ」想いとゆらめく情念が投影されているのだ。

これまで私は⑥~⑨の短歌を賢治と保阪嘉内との少年愛めいた交渉との関連で考察し、いくつかの拙文も発表してきた。賢治が秋に福島を訪れた大正五年、その年の春に彼は盛岡高等農林学校で保阪嘉内と出逢った。二人は寮の同じ部屋で寝起きを一緒にし、急速に親交を深める。才気煥発な嘉内から賢治は大きな影響を受け、「ただ一人の友」と呼んで慕い共に歩むことを願った。嘉内に対する暗い情動と忍ぶ想いが⑥~⑨に籠められているのではないか、というのがこれまでの私の印象であった。

しかし、やはりこれらの短歌は①~⑤と呼応する清純な女性を想う青春の感傷として素直に読むべきであろう。今後、見解を改めることにしたい。

なお、この盛岡高等農林学校見学旅行における賢治の福島市滞在について検討しておく。諸資料を勘案すると十月四日に一行は盛岡を発ち、同日夜あるいは翌日早朝までには山形市に到着している。当時の列車時刻表によれば二つの行程候補がある。一方は四日早朝の盛岡出発で同日午後に山形市着だが、福島駅での乗り換え待ち時間が一時間ほどしかないので、結局次の旅程であった可能性が高い。

盛岡発一三時五分の東北本線上り↓福島着二〇時四二分↓福島発〇時五五分の奥羽線下り↓山形着翌朝四時三六分

これならば福島駅での待合時間が四時間ほどあるので、生徒たちにも自由行動の時間が与えられた筈である。また一泊分の旅館代を倹約するために、夜行列車を使ったという推測も説得力があるのでは。

そうすると賢治が信夫山を見、阿武隈河畔を散策したのは夜なのだ。現在と違って福島市の郊外は燈火も疎らであったことであろう。⑥~⑨の短歌を初めて読んだ時から何となく私は夜景のような心象を抱いていたが、まぐれ当たりだったのだ。夜の川岸にすだくこおろぎの音。月光が水面にきらきらと映える。信夫山を背景として夜のおぼろな光の中に黒く浮かび上がる機関車。⑦の水銀から銀河、さらに「銀河鉄道の夜」を連想するのは短絡に過ぎるかもしれないけれど。

もちろん、往路ではなく山形からの復路に賢治たちは福島駅で途中下車した可能性もある。しかし残念ながら、一行は十月七日に盛岡へ帰着したらしいが、帰路の利用列車については手がかりがなく時刻の推測は困難である。今後の調査に俟《ま》ちたい。

賢治が福島駅から徒歩で訪れた阿武隈河畔の場所は特定できないが、市内御倉町にある御倉邸（旧日本銀行福島支店長邸宅）辺りの可能性もあり、数年前その敷地内に福島と賢治短歌の解説パネルが設置された。御倉邸からは阿武隈川の向こう岸に、森鷗外の名作「山椒大夫」で知られる安寿と厨子王の伝承を秘めた椿舘があった弁天山を望むことができる。

御倉邸から見た阿武隈川と弁天山

# 葛の花踏みしだかれて　―　釈迢空断想

晩春の寧日、「芭蕉と旅」という演題で会津若松にある福島県立博物館でお話をさせていただく機会があった。その中で、芭蕉の旅の途上における佳吟「山路来て何やらゆかしすみれ草」から想起される作品として、釈迢空の次の佳什《かじゅう》を紹介した。

葛の花　踏みしだかれて、色あたらし。この山道を行きし人あり

高校生の時にこの短歌を読み、瞬時にして言葉による表現のすごさに開眼したなどと気障《きざ》なことを口走ったところ、この歌のどこにそんなに感動したのか、という質問

があった。咄嗟のことで、また詳しく述べると演題から離れてしまう気がして、我ながら要を得ない返答で有耶無耶になってしまったのだが、この短歌が文芸に魅了されたきっかけであったことは確かである。受験雑誌で私は初めて迢空のこの歌に出逢い、衝撃を受けた。短歌というけれど字数が定型に合わないし、句読点があるのも不可思議だった。何よりも、異様な心象風景が喚起されて胸が騒いだ。森閑鬱蒼とした山道。つい今し方、何者かに踏みにじられた葛の花の鮮烈な紫。異邦人とニアミスしたかのような神秘性と畏怖。たったこれだけの字数で、深遠な言語空間を縹渺《ひょうびょう》とさせる言霊《ことだま》による芸術のすばらしさ。そんな風に解説すれば、まあもっともらしいのだが、もっと違う何かがあるのではないかという意識が少年の日から、ずっと私のこころに蟠《わだかま》りを残していた。

なぜかこの歌に惹かれて止まないのは、迢空の鬱屈した情念が隠匿《いんとく》されているせいではないかということに気づいたのは、彼の処女作小説「口ぶえ」を数年前に読んだ時であった。この作品は旧制中学生群像を描いた現代風に言えば青春学園小説だが、恋文を交し合う少年たちの同性愛、つまり「薔薇族」の物語である。アカシアの花咲く学校で、上級生は「頬の白い子や骨ぐみのしなやかな少年」を追いまわしている。迢空が男色者であったことは周知の事実だが、主人公の安良《やすら》という名の少年は彼自身を彷彿とさせる。安良は、やわらかな光にほのめく月見草のようにたおやかな美少年の渥美《あつみ》と、相愛の仲となった。山道を男女の道行《みちゆき》さながらに肌を触れ合いつつ登りつめた二人が、手を取り合って岩角から身を乗り出したところで、この小説は断絶する。「弱々と地に這ふ山藤の花」のおもかげが浮かぶような渥美の裸身。山藤の花も紫。獣の情動に苛立つ安良は、草花を手で摘んで心ゆくまで蹂躙《ふみにじ》る。彼の指には、その花の匂いがいつまでもいつまでも纏《まつ》わっていた。「葛の花　踏みしだかれて、色あたらし」。この詩句には、凌辱のエロスの香りが秘められているのだ。清澄な響きの翳《かげ》に潜むサディスティックなものを生理的に直感していたことが、この短歌に私が蠱惑《こわく》された謂《いい》ではないかと、今更にして思い当たる。牽強のようだが、迢空も「自歌自註」の中で、この歌の眼目は蹂躙られた花の紫色の新しい感覚にあるのだ、といった風なことを述べている。

富岡多恵子の『釋迢空ノート』（岩波書店）によれば、少年の日に迢空を初めて禁断の木の実に誘ったと推測される藤無染という青年僧との交渉を、渥美との恋の翳に韜《とう》晦《かい》した小説が「口ぶえ」だという。けだし、鋭い読みだと思う。「藤」という姓も意味深だ。でも、どうして作品のタイトルが「口ぶえ」なのか。文中に口笛は出てこない。何か神話的な意味が籠められているのだろうか。

この短歌を収めた迢空の歌集『海やまのあひだ』は、改造文庫版で愛読している。昭和四年（一九二九）に刊行された麻布装の古書は手に馴染み、鞄に入れて持ち歩くことが多い。ところで、冒頭にエピグラムのように掲げられた次の詞書と歌は、きわめて異様である。

釈迢空歌集『海やまのあひだ』（改造文庫）

　この集を、まづ与へむと思ふ子
　あるに、
かの子らや　われに知られぬ妻とりて、
生きのひそけさに　わびつゝをゐむ

実際、これは迢空から離反した年若い教え子伊勢清志に対する、ほとんど呪詛と言ってもよい歌らしい。迢空は多くの教え子と同居し、その中の幾人かの青少年とは愛人の関係にあった。前述の会津若松に赴いた時も、私はこの改造文庫本を携えて行った。大正八年（一九一九）、その地で迢空が詠んだ「蒜《ひる》の葉」八首が収載されているからである。「愛弟子」伊勢清志が、鹿児島で色町の女性に迷っていることを知った迢空は、旅費を工面するために東京から会津若松を訪れた。東山に近い精錬所で働いていた教え子、梶喜一が路銀を用立ててくれ、その晩は一緒に東山温泉に泊まった。梶は若くして亡くなったという。会津若松で詠んだ迢空の歌を引く。

雪のこる会津の沢に、赤きもの　根延《は》ふ野櫨《しどみ》は、かたまり咲けり

音立てて流れる雪融けの沢水の傍らに、ひとかたまりの赤い野櫨の花が、血をこぼしたように咲いている。自分に叛《そむ》いた青年へ対して、明滅する愛憎とエロス。会津若松で調達した旅費で鹿児島に駆けつけた彼は、清志に翻意を執拗に説得するが徒労に

終わる。恋情は憎悪に変わった。「かの子らや」は伊勢清志を指す。連作「蒜の葉」には、清志への想いにこころ乱れながら会津嶺の地を彷徨した、三二歳の迢空の情念が封じ籠められているのだ。「自歌自註」でも、会津での連作はことのほか、こまやかに解説が附されている。

迢空は昭和十一年（一九三六）にも福島市郊外の土湯温泉などに投宿している。その折の記録は吉岡棟一「釈超《ママ》空氏に会ふの記」（『福島民友新聞』同年五月十七、十九日）に詳しい。さらに福島県との関わりでは、若き日の迢空が師事した歌人服部躬治《もとはる》は須賀川の生まれだ。短歌に句読点を附す表現は躬治も使っていたという。ＥＤＩ叢書の一冊として私が編纂した『水野仙子四篇』の仙子は、躬治の妹に当たる。

話がいささか逸れたが、私は国文学者、民俗学者としての迢空、つまり折口信夫《おりくちしのぶ》の著作については知るところが少ない。福島県立博物館長の赤坂憲雄は、その著書『東西／南北考』（岩波書店）の中で「共同体を逐われて異郷をさすらうマレビトを、ある原型的なイメージとして、あらゆる文化現象を読みほどくこと、それこそが折口学の本義であったにちがいない」と論評している。マレビトのイメージは「この山道を行きし人あり」の歌にも木霊している。たまさか瞥見《べっけん》した折口信夫の研究論考からも、詩人的直観力と上代人の心情に同化し得る稀有の能力を察知することは容易である。迢空のもう一つの幻想小説『死者の書』には、そのような天稟《てんぴん》が存分に発揮されており、謏言《ゆげん》でなく傑作の名に相応しい。

唐突、雑駁《ざっぱく》な印象に過ぎないが、釈迢空と宮沢賢治の詩人としての感性は相似していると思う。「銀河鉄道の夜」の蒼茫とした孤独感は、『海やまのあひだ』にも揺曳しているのだ。

# 江戸川乱歩の伊達市保原町疎開

本を開いた形をデザインした「江戸川乱歩疎開の地」の碑が、保原ロータリークラブによって平成十七年（二〇〇五）伊達市保原町に建立された。道路の景観が美しく整備された陣屋通りにあり、これによって、江戸川乱歩が福島県へ戦時中疎開していたという、それまで地元でもほとんど知られていなかった事実が周知されることとなった。碑の傍らのパネルに、簡にして要を得た解説が記されているので転写させていただく。

江戸川乱歩は大正・昭和に活躍した推理作家です。

名探偵明智小五郎、怪人二十面相、少年探偵団などの名キャラクターを生み出し、作品は、子供から大人まで幅広い読者に愛されました。

乱歩は昭和二十年に東京の戦火を逃れ、保原町で疎開生活を送りました。医薬品配置販売業を営む小林氏宅（現在の四丁目九番地）の二階がその住まいでした。

これが縁となり、乱歩の自宅があった東京都豊島区を活動範囲とする東京池袋西ロータリークラブと保原ロータリークラブは友好クラブを結び、交流の輪が広がりました。

保原ロータリークラブは、創立四十周年を記念して、乱歩の足跡を顕彰するとともに、豊島区との一層の交流を願いこの碑を建立しました。

「江戸川乱歩疎開の地」碑

豊島区池袋にあった乱歩の邸宅と彼の蔵書などを収めた土蔵（幻影城と称される）は現在、立教大学の管轄となっている。邸宅の方は一般公開され乱歩ファンの聖地となっているが、保原町の乱歩疎開の地の文学碑も聖地の一つと言えよう。

東京への空襲が激しさを増しつつあった昭和二十年（一九四五）四月初旬、当時池袋に住んでいた乱歩は、母と妻を一足先に伊達郡保原町（現伊達市）の小林家へ避難させた。これは乱歩が世話になっていた運送業者野口の娘が、保原の売薬業者小林家へ嫁いでいた縁故による。同年六月七日に家財と大量の蔵書を鉄道の貨車一両を借り切って保原へ搬送し、翌八日には彼も同地へ移って家族と一緒に疎開生活を始めた。蔵書は東城という農家の大きな土蔵を借りて、置いておいたという。乱歩一家が間借りして住んだのは、保原町宮下の医薬品配置販売業の小林一心堂の二階で、「探偵小説四十年」（『江戸川乱歩全集』一四　講談社）の中で彼は次のように回想している。

そこの二階は十四五畳もある大きな一部屋で、一方の壁ぎわに、お得意に預けておく薬の桐箱の新しいのが天井まで積み上げられ、一つ一つがひき出しになっているので、母や妻は、それを、いろいろな物入れに使って、便利をしたようである。この広い部屋は、往来に面した側は昔風のレンジ窓になっていて、天井が低く、売子たちの寝室に使われていたものらしいが、当時は戦争のため売子もいなくなり、小林さんと、二十歳を少し越した息子さんとで、得意廻りをやっている状態だったので、二階が空いていたのである。

乱歩たちは小林家の夫婦に米の買い出しの世話を受けるなど、親切にしてもらっていた。当時の小林家主人の娘美枝子はのちに「砂糖がない時代、乱歩さんからいただいた蜂蜜で作ったおはぎのおいしかったこと。筆名の由来を聞くと、「アメリカの作家ポーから取ったのだよ」とやさしく教えてくれました」（『朝日新聞』福島版　平成十六年四月五日）と証言している。

疎開中の乱歩は栄養失調による体調不良の療養に努めながら、阿武隈河畔にあった洋館造りの旧福島県立図書館へ、美少年白菊丸にまつわる地元の男色伝説を調査に通ったこともある。終戦の玉音ラジオ放送を保原で聴き、昭和二十年十一月上旬に東京へ戻った。

保原町在住中には当時保原中学校教師だった芥川賞作家東野辺薫と交遊があり、彼が亡くなった時は遺族へ次のような弔文を送っている。

薫様御逝去の御報に接し、謹んでお悔み申しあげます。戦争中保原に疏開していましたときには薫様にいろ〳〵お世話になりました。また近年も御上京の際にはよくお立寄り下さいました。

誠に残り惜しく存じます。

この乱歩書簡は現在、こおりやま文学の森資料館で所管している。保原を去る際に乱歩は、自筆署名入りの著書三〇冊ほどを小林家へ寄贈した。しかし、残念ながら火災などのためにそのほとんどが失われてしまった。疎開の地の文学碑と共に、この書簡は乱歩と福島との関わりを示す貴重な資料となっている。

# 第二部　福島出身作家たちの活躍

# 水野仙子　―　野に佇む孤愁

## 水野仙子のプロフィール

水野仙子

事典風に先ず水野仙子のプロフィールを紹介する。

明治二十一年（一八八八）十二月三日、岩瀬《いわせ》郡須賀川《すかがわ》村（現須賀川市）の商家、服部家に生まれる。本名服部テイ。長兄躬治《もとはる》は歌人で国文学者、次姉ケサはハンセン病者の救護に尽くした医師であった。地元の小学校高等科及び裁縫専修学校卒。躬治の影響で少女の頃から文芸書を耽読《たんどく》、投稿誌『女子文壇』へ短篇小説などを多数発表。『文章世界』へ投稿を始めた頃から、田山花

仙子の投稿作品掲載『女子文壇懸賞文集』（女子文壇社　明治39）

仙子の小説掲載『二十二篇』（東雲堂書店　明治43）扉絵

袋の唱導した自然主義に共鳴し写実的な作風に傾斜。明治四十二年、長姉の死産の見聞に材を得た「徒労」を発表。凄惨《せいさん》な情景を緊迫した文体で描き、女性に負わされた妊娠と出産という生理に対する畏怖と哀感を強く感じさせる衝撃作である。なお、仙子は生涯、子供をもうけることはなかった。

この短篇が花袋の激賞を受けたことを契機として、作家を志して上京、彼に師事した。明治四十四年、投稿仲間だった川浪道三と結婚。この年創刊された『青鞜』に参加、作品は寄稿したが青鞜社運動とは疎遠であった。

その数年後に仙子は、自然主義的作風から蝉脱《せんだつ》し「神楽坂の半襟」「脱殻《ぬけがら》」「散歩」等の、男女の愛の間隙と機微を描いた一連の名作を発表し始める。一時期『読売新聞』記者となり、身の上相談欄を担当。彼女の実直な人柄が伝わる回答は好評であった。

晩年は病床に臥すことが多く、猪苗代湖畔などで保養。大正七年からは有島武郎と文通を通して交友を深めた。同年、姉のケサが医師として勤務していた群馬県草津町の聖バルナバ医院へ移る。キリスト教徒であったケサたちが洗礼を受けることを勧めるが拒絶したまま、大正八年（一九一九）五月三十一日に瞑目。三〇歳と六か月に満たない生涯であった。花袋の「矢張、早く死ぬために完成された才であつたのか」（「野の小さな墓」）という、悲痛な愛惜の言葉が残されている。翌年、代表作を収めた『水野仙子集』が刊行された。

## 野に佇む孤愁

マイナーポエット水野仙子の作品を楽しさは、『水野仙子集』という夢のように美しい装幀の本を手にすることによって、倍加する。岸田劉生の彩管になるこの本は、彼女の歿後一年を期し、夫の川浪道三の編集によって叢文閣から大正九年（一九二〇）に梓行された。奇《く》しくも劉生の装幀芸術の頂点の時期、というよりも絵画創作活動の全盛期に制作された『水野仙子集』の清雅さは、筆舌に尽くし難い。

表紙中央には一人の少女が、草花を抱え俯いて野道に佇《たたず》む。書名や文様で囲まれたその周辺には、少女の発する蕭条《しょうじょう》とした想念がそこはかとなく広がっている。裏表紙には仙子の好きだった水仙の花。書物の単なる意匠の域を遥かに超え、仙子の文芸の特質をさりげなく暗喩しているかのようだ。「水野仙子集の表紙かく、古い渋い単純な黒と赤の味でうまく行く。先日の表慶館で見た素描単彩の味を参考にした」と劉生は日記に書き残しており、彼自身も会心作だったらしい。『岸田劉生装幀画集』掲載の東珠樹の解説によれば、劉生は書物そのものを一つの芸術と考え、本と装幀画が一体となって一つの作品となることを企図していたという。書物装幀を油絵や水彩

岸田劉生装幀『水野仙子集』

画と寸毫《すんごう》も区別せず、自己の芸術作品として渾身の力を傾けたところに、彼の装幀芸術の独自性と真価があったのだ。『水野仙子集』に、その真骨頂が窺われる所以《ゆえん》である。二人は生前に交遊があり、劉生は仙子に好意をもち、仙子も彼の絵を愛好していた。その事実も勘案しつつこの装幀を観る必要があろう。

心のこもった田山花袋の序文と有島武郎の跋文を附した本書には、仙子の代表作二二篇が収録されている。彼女の郷里である須賀川を舞台とした遺作「酔ひたる商人」を冒頭に配し、英国小説の影響を漂わせながらもその才幹を存分に発揮した傑作「神楽阪《ママ》の半襟」を中に、掉尾《ちょうび》に初期の佳作「四十余日」という風に逆年代の配列、しかも自然主義的な作品群をほとんど省いてしまった本書の編纂方針は、花袋の強い影響下から出発しながらも、独自の作風を模索しつつ若くして亡くなった仙子の遺志を反映したものであろうか。

次に、近代文学研究家や作家たちの言説に依拠しつつ、仙子の文学の傾向について素描してみたい。少女時代の投稿作品によって、花袋にその文才を見出された仙子は、文学史的には自然主義を代表する女性作家と位置づけられている。「花袋風の平面描写から出て、官能的な頽唐美《たいとう》の世界をもちよつと窺ひ、やがて生命の光を慕ふ理想主義的な作風に転じて、時代の風潮に即応する動きを示した。しかし彼女の最も身についたのは自然主義的な作品であつた」（吉田精一『自然主義の研究』）。花袋に師事し、その写実主義に傾倒した習作期及び初期の作品は、東北の故郷における自己の体験や身辺の人々に関する見聞を、堅実な筆致で描いたものが多い。それらについては、「北国の空を思はせるやうな暗欝な印象で、未だ作品としてまとまつたといふ感じより、描写面にところどころ光つた片々を見出した、といつた程度の作品が多かつた」（塩田良平『明治女流作家論』）という指摘がある。しかし、上京後の初期作品になると「四十余日」「娘」など、仙子の天性の資質を発揮した佳作も多い。尾形明子はそれらの特色として「手堅く、しかも内側に熱のこもったリアリズム、心理描写の確かさ、題材の切り口の鮮やかさ、しかも、しっとりとした味わい等」（「水野仙子ノート」、『東京女学館短期大学紀要』八）を挙げ、仙子の初期作品を高く評価している。

紆余曲折を経て結ばれた夫、川浪道三との実生活における違和と心理的葛藤を色濃く投影した作品群が、仙子の中期の作品の核と言えよう。「神楽坂の半襟」をはじめとして、「脱殻」「散歩」など男女の愛の軋轢《あつれき》を主題とした秀作がそれに当たる。特に「散歩」はなぜ『水野仙子集』の選定から漏れたのか不可解だが、彼女の屈指の名作である。妻と夫の心理の機微と間隙を意識の流れによって捉えた、当時としては斬新なプロットも絶妙で、味到《みとう》に堪える。「脱殻」も同様の主題を執拗に追及した小説だが、やや頽唐と情痴に傾く。激情の嵐は実は夫に対してではなく、自分自身に苛立っているのだ。これらは仙子の中期の作風を如実に示しているが、やがて「淋しい二人」のように宗教的傾斜を見せ始める。概してこの時期の彼女の作品に対する評価は、田山花袋、有島武郎や研究家の間でも低い。「わるく心理主義に陥つた」と花袋は難詰しているが、現代の読者の感性で読めば、素直に共感できるのは中期の作品ではないだろうか。人生観照の鋭さも、自然主義的作品に比して決して遜色ない。

晩年は病床に臥すことが多く、仙子の文学もまた新たな展開を示す。一般的には後期の作品の評価が高く、その特徴について武郎は「作者は再び厳密に自己に立還つて来た。而《しこう》して正しい客観的視角を用ゐて、自己を通しての人の心の働きを的確に表現しようと試みてゐる」(『水野仙子集』跋文)と評し、「道」「輝ける朝」などの作品を激賞している。しかしながら、遺作となった「酔ひたる商人」は再び写実的手法に回帰する。「彼女の最も身についたのは自然主義的な作品であつた」と吉田精一が断じた事由であろう。

仙子の創作の根幹がリアリズムであったとする説に異存はないが、彼女の文学の基底には通奏低音のように鳴り響く溟《くら》い情念と、自然や愛や信仰に対する清楚な憧憬が揺曳しており、それが仙子の作品の魅力でもあるのだ。

天稟の文才を矜持として一人の少女は、明治の末期に地方から上京し作家として自立した。しかし、学歴もなく、都会の雑踏にも文壇にも親しめず、さらに夫との愛にも齟齬をきたし、信仰も得られず、孤独な心を発條として短い生涯を文芸の創作に身魂を傾けた。

あたかも、『水野仙子集』の表紙に岸田劉生が描いた、野に佇む少女のように。

# 美しき身をたましひを投ぐ　――　水野仙子と若杉鳥子

水野仙子の名が嘱目されることが多くなった。紅野敏郎の編纂、解説になる『編年体大正文学全集』第七巻（ゆまに書房　平成十三）は、彼女の秀作「お三輪」を収録。カバー装画に仙子と同じ福島県出身で夭折の駻馬《かんば》、関根正二の名画「信仰の悲しみ」から二人の女性がトリミングされているのも何やら暗示的で、単なる偶然として看過し難い。仙子は信仰を求めつつも死の床で、キリスト教徒の姉からの洗礼の勧めを拒絶して亡くなったのだ。

不二出版から『女子文壇』復刻版が刊行された。仙子の投書家時代の初期著作調査が、これで一気に進捗するだろう。その内容見本パンフレットにも驚いた。『女子文壇』

から巣立った女性の代表として、幾多の著名作家の中から先ず水野仙子の名を挙げているのだ。誌面紹介も彼女の小品「奥様の琴」を転載、広津柳浪の激賞文も収録してある。それだけ、仙子の名が知られてきたということであろう。ＥＤＩ叢書の拙編『水野仙子四篇』の上梓も、多少は貢献しているのかもしれない。

ところで最近、仙子と関わりの深かった作家若杉鳥子《とりこ》（一八九二生～一九三七歿）について、彼女の作品集や評伝をまとめられている林幸雄氏からご教示いただいたので、二人の精神的交遊について少し探ってみたい。鳥子は豪商の妾腹の子として東京で出生。茨城県古河《こが》市の芸妓置屋の養女として育ち、横瀬夜雨に師事。『女子文壇』では仙子の投稿仲間であった。芸者稼業を嫌い、作家を志して少女時代に上京、新聞や雑誌の記者となる。『萬朝報《よろずちょうほう》』記者板倉勝忠と結婚、アルピニストの板倉勝宣は義弟に当たる。大正十四年（一九二五）十月『文芸戦線』に発表した「烈日」により左翼系作家として評価を受けるようになり、プロレタリア作家同盟に参加。婦人プロレタリア作家の先駆けの一人として、文芸史にその名を留めている。

私が初めて鳥子の名に注目したのは、大正八年（一九一九）八月の『新潮』に掲載

『明治大正女流名家書簡選集』

された、東京の羅漢寺で営まれた仙子逝去時の追悼会写真だ。キャプションによれば有島武郎、中村白葉、阿部次郎、田山花袋たちと共に和服姿の若杉鳥子が参列している（この写真はのちに『アルバム有島武郎』日本近代文学館　昭和五十四年に転載）。さらに、仙子の書誌作成の過程で古書店から入手した『明治大正女流名家書簡選集』（『婦人倶楽部』大正十五年十月号附録）には、仙子と共に鳥子の手紙が採録され、生田花世の「寂しさうな鳥子さんへ」も載っている。話が枝葉に逸れるが、この選集は当代の錚々たる作家や名家の流麗な水茎を一部写真版で収め、編者の炯眼《けいがん》を反映した名文が大半で、往時の婦人雑誌のレベルの高さにも瞠目させられた。雑誌附録の冊子ではあるが、明治大正期女流文芸研究のための重要文献と評してもよいのではなかろうか。仙子の手紙として収録されている「信子さんの為に」は、吉屋信子が文壇に出る契機となったものと伝えられている。

鳥子は歌人として出発した。少女時代の作に「君たちの娯楽に足らばし給へと美しき身をたましひを投ぐ」という与謝野晶子調の情熱と官能を孕んだ歌があり、物議を醸《かも》したらしい。田山花袋「蒲団」で知られる彼の女弟子、永代美知代の「ある女の手紙」(『スバル』明治四十三年九月)は、自然主義の名を借りた低俗な暴露小説としか私には思えないが、やはり花袋の弟子だった仙子もお整さんの名で登場する。一応小説の体裁をとってはいるけれど、当時の読者が読めばいわゆる「蒲団」事件の後日談であることは明瞭だし、花袋を巡る女弟子たちの陰湿な葛藤も窺われる。この作品には、若松みどりの名で鳥子も出てくる。前掲の鳥子の短歌が引用され、男と一緒に旅宿を泊まり歩いたことをさも得意そうに書き立てたり、文学サークルの若い男の誰にでも接吻させるひどい女と罵倒されているのだ。

彼女の作品集に掲載された幾葉かの肖像写真を見れば魅了される通り、鳥子は端整な顔立ちの美形であった。奔放な行動は、何かと嫉妬や中傷を招くようなことも多かったのかもしれないが、仙子はそのような鳥子のよき理解者であった。大正三年(一九一四)十二月の『新潮』に発表された仙子の書簡体エッセー「冬を迎へようとして―(桜田本郷町のHさんへ）―」は、鳥子へ宛てたものであることを林幸雄氏より教えていただいた。Hは当時鳥子が使っていたペンネーム濱子のイニシャルだという。仙子はこのエッセーの中で、次のように述懐している。

仙子や鳥子たちが「不良少女の没落」と当時の雑誌で揶揄されていたことを記した後、「自然主義の風潮に漂はされた年若い少女が（尤もこの自然主義は、新聞の三面記事に術語化されたものを指してゐません。その頃の生真面目な文壇の運動を言つてゐます。）従来の習慣の束縛を逃れながらも、猶《なお》何かを求め探してゐる時に、誰も一人としてその生命の綱を与へてくれるものはありませんでした。その光明のある方向さへも、誰も指さしてくれるものはなかつた。私達はどんなにその為めに悶えたでせう！……悶えてゐる心を、うはべの賑かさに紛はしてゐる寂しさを、人々はただ嘲笑の眼をもつて見ました」、さらに鳥子の「君たちの娯楽に足らばし給へと美しき身をたましひを投ぐ」という歌を引き（但し、仙子の引用は一部表記等が異なる）、「自ら不良少女と名乗ることによつて僅かに慰んでゐる心の底に、良心と貞操とを大切にいたわつてゐるのを、人々は（殊に男子に於て）見ぬくことが出来ませんでした……私達は闇の中に手探りで何かを探し廻つてゐました」と述べ、『青鞜』の新しい女たちの運動についても、かなり批判的な言辞を呈している。

彼女たちが、美しき身とたましひを投企して何かを求めていた痛切な心情を、そして仙子が鳥子にとって数少ない心の友であった事由を、このエッセーから窺知することができるであろう。

鳥子の随想「一呼吸」(『女子文壇』明治四十四年八月)は、図書館の静謐な空間にのみ安らぎを覚える、陰鬱な心境を描いたものだが、この中にも仙子との対話部分がある。最後に、仙子が亡くなった時に鳥子が詠んだ追悼歌を示して、この小文を閉じることにしたい。

無言こそ君に手向くる花なれと忍びつつわれは黙《もだ》しがたなし
おのづから啓《ひら》くる道を静もりて共に待たむと君はいひしも

# 斎藤利雄の文学　―　福島市飯野町出身の民衆作家

阿武隈川に架けられた新飯野橋を舞台とした名作「橋のある風景」で知られる小説家、斎藤利雄は明治三十六年（一九〇三）に伊達郡飯野村（現福島市）の農家に生まれた。九歳の時、いわきの好間《よしま》炭鉱へ父母と共に移住し、労働者の苦しみを身をもって知った。好間小学校卒。一五歳で上京して苦学しながら川端画学校などに学び、プロレタリア文学運動に参加。『文芸戦線』『文戦』の挿絵を担当、菅野好馬《よしま》の筆名で小説も寄稿した。日本プロレタリア作家同盟の書記となり、昭和八年（一九三三）「同志小林多喜二を想ふ」を発表。同年、病気と弾圧のため飯野へ帰郷し、農業兼商業の傍ら郷土の風土に根ざした作品を多数執筆した。昭和四十四年（一九六九）に病歿。文芸評論家の小田切秀雄は、利雄を「じみな、地の塩のような、土着のすぐれた作家」と評した。福島大学教授澤正宏は、彼の文学の本質を「いつでも弱者や、善良な人間や、貧しくはあるが水や大地の鼓動と深くつながって生きる農民などの心の奥深くに入り、そこから、自然や人間の生命、生活、社会などをリアルで的確にとらえる」ところにあると指摘している。一貫して民衆の視点から創作活動を続けた利雄は、歿後いくつかの文学全集に「橋のある風景」が収録され作品集も出版されるなど、再評価の機運が次第に高まりつつある。次に彼の詳しい経歴を少年時代、東京での活動、帰郷後の活躍に分けて紹介する。

斎藤利雄（昭和10年代）

### 少年時代 ― 貧困生活と芸術への憧れ

斎藤利雄は明治三十六年十二月三十日に、父利三郎、母サハの長男として伊達郡飯野村大字西飯野字東船場一〇番地の農業に従事する旧家に出生した。母は伊達郡立《たつ》子山村《こやま》（現福島市）の菅野《かんの》家から嫁《か》して来た人で、利雄には多くの弟妹がいた。飯野村立尋常小学校へ入学。祖父市三郎の事業失敗と冷害のために家が没落し、同四十五年一家をあげていわきの好間炭鉱へ生活の場を求めて移住した。のちに利雄は、「こうして私は野豚の仔のような炭山の子として育つことになったのです」と当時を回想している。坑夫となって懸命に一家を支えていた父が、落盤事故で瀕死の重傷を負ってしまったため、雨漏りのする長屋へ移され、近隣の子どもたちからも嘲笑されるような貧困生活が続く。弟は栄養失調のため病歿、母が選炭婦となって働き、利雄は学校を休んで父を看護した。大正四年（一九一五）好間小学校を卒業し高等科へ進むが一か月足らずで退学し、炭鉱の出炭量を計る仕事の助手となって働き始めた。しかし、一日一二、三時間に及ぶ深夜労働のため過労で病に倒れる。翌年、執拗に懇願して炭鉱事務所の給仕として採用してもらうことができたが、ここで大学出の若い社員たちの感化を受けて読書に親しむようになり、中学講義録で独学。特に社員たちが貸してくれた雑誌『白樺』に強く心惹かれ、そこで紹介されているロダン、セザンヌ、ゴッホ、ゴーガンたちの芸術に魅了された。もともと絵を描くことが大好きだった利雄少年は画家となることを夢想し、同七年自由と芸術の世界を求めて、決然単身で上京したのである。

## 東京での活動 ― プロレタリア作家としての苦難

左翼作家時代の斎藤利雄の動向は半ば伝説化しており不明な点が多かったが、遺族の熱心な探索と福島県立図書館の追跡調査により、次第に明らかになってきた。それによれば、東京の市電の雑役夫として働きながら、日本美術学院及び川端画学校洋画科に学ぶ。日本美術学院については、大正八年（一九一九）十二月付の日本画科課程修業証書が残されている。同十二年に東京蓄音器大崎工場の職工となり、アナーキスト（無政府主義者）集団の中へ入っていった。職工仲間として、のちにプロレタリア文学を代表する作家の一人として大成した岩藤雪夫《いわとうゆきお》がいた。彼の「賃銀奴隷宣言」は、大崎工場での労働争議に材を得た小説だが、前半部の重要な人物として「女の肉体に触れるより絵を書いてゐる方に性欲の快感があるといふ」斎藤利雄が、実名で登場している。工場の衛生設備の不備から肺疾患になり、枕元に表現派の絵を並べて病臥しながら、画家らしい幻想的な夢と創作への野心を語る小説中の利雄の姿は、当時の彼の実像をかなり反映していると想像される。岩藤雪夫は「鼠色を基調としてキャンバスに描かれた斎藤利雄の陰鬱な風景画は、彼の孤独な思念や暗い過去が凝結したもののように感じられた」と述懐している。同年、検挙されて健康を害し、関東大震災にも遭遇したため好間炭鉱へ戻る。翌年、再び上京し東京蓄音器に復職。クロポトキン、バクーニン、大杉栄たちアナーキストの著書を耽読《たんどく》して深く感動し、革命的絵画の創作を志した。しかし、吐血して肺結核の診断を受け、以後、父母の元への帰郷と上京を繰り返す。なお、大正十四年に利雄の父利三郎は飯野村収入役に就任（のちに助役となる）し、斎藤家は飯野村へ戻っている。同年、利雄は武者小路実篤が共同体の理想実現を目指した「新しき村」に入会した。

さらに、アナーキストからコミュニスト（共産主義者）へ転換した利雄は、昭和五年（一九三〇）労農芸術家連盟へ参加した。美術部に所属し同連盟の機関誌『文芸戦線』（のちに『文戦』と改題）の挿絵を担当するようになったが、これは同誌で当時活躍していた岩藤雪夫と画家福田新生《しんせい》（後述の鶴田知也の実弟）の紹介によるものである。『文芸戦線』にはこの年から利雄の挿絵が掲載され始めているが、力強い筆致で労働者群像などを描いたその作品は葉山嘉樹《よしき》にも賞賛されたという。しかし、この雑誌を読んでいるうちに、小説創作への意欲が利雄にわいてきたらしい。同年、菅野好馬のペンネームで労農芸術家連盟仲間の鶴田知也との共同作「町工場」を『文芸戦線』へ四回連載で発表した。同連盟ではこの頃から複数の作家による文芸作品の共同製作が提唱されたが、「町工場」はその実践の先駆けでもあった。筆名の菅野は利雄の母方の姓、好馬は好間炭鉱に因んだものと思われる。なお、『文芸戦線』に掲載された彼の挿絵には、利雄の作であることを示すローマ字の簡略表記以外に、「ｙｏ」などの署名も使われているがこれは菅野好馬のことであろう。

「町工場」は、蓄音器工場で病人にされて放り出された福島県出身の加藤という男が、東京の製図器具製作所に雇われ、工場主と少年職工たちをめぐる内紛に関わっていく小説である。加藤の経歴と作中の事件は、利雄の実体験を基にしていると推測される。しかしながら、読後の印象から判断すると、この作品の素材を提供し草稿を書いたのは利雄であろうが、実際に執筆し小説として完成させたのは鶴田知也であろう。連載

第一回目の菅野好馬の「町工場」成立に関する付記からも、そのことが窺われる。鶴田知也は利雄と一時同居していたことがあり、のちに芥川賞を受賞した作家である。当時の利雄は、「蒼ざめた顔で常に寂しい影をもち、決して上京前の過去を語ることはなかった」（鶴田知也夫人の談話）という。なお、利雄はほかにも菅野好馬の筆名で「労働者の日記」「赤い風景」の二篇を発表しているが、こちらは彼の執筆した作品と見てよい。

昭和六年（一九三一）思想的対立により斎藤利雄、細田民樹、間宮茂輔たち一一名は労農芸術家連盟を脱退して第二文戦打倒同盟を結成し、機関誌『前線』を創刊した。しかし、まもなく打倒同盟は全日本無産者芸術団体協議会（略称ナップ）に合流した。翌年、利雄は日本プロレタリア作家同盟に参加、労働者出身であったことから特に推薦されて同盟の書記に就き活躍した。書記長だった小林多喜二の虐殺を悼み、昭和八年に作家同盟の機関誌『プロレタリア文学』二巻四号へ「同志小林多喜二を想ふ」を寄稿したが、その中で利雄は次のように述べている。「小林の心臓は潰れた。彼は今、我々の前にないが、彼の心臓の脈はくは、恒に、プロレタリアートの胸に、革命作家達の胸に、消えることなく鼓動を伝へてゐる」。この頃が、プロレタリア作家として利雄が最も光彩を放っていた時期であった。同年、病気の再発で厳しい弾圧に抵抗することが困難な利雄の状況を同志たちが酌量し、カンパしてくれた旅費を授けられて飯野へ帰郷した。その後の彼は、阿武隈河畔の農民作家として後半生を過ごすことになるのである。

**帰郷後の活躍　—　郷土の風光の中で多彩な業績**

昭和八年（一九三三）に郷里へ戻った斎藤利雄は結核療養の日々を過ごすが、常に特高警察の監視を受けていたという。二・二六事件の際は、川俣警察署に蔵書や原稿などを押収され留置された。同十二年新飯野橋が竣功、橋の袂《たもと》に父親が建ててくれた家に彼は居住し、雑貨店を開業した。翌年、細田民樹の仲介で中央公論社へ長篇小説の原稿を送ったが、出版に到らず返送される。昭和十四年二本松の渡辺サキと結婚、彼女は利雄の生涯にわたって良き伴侶として、その文芸活動を支え続けた。二人の間には、一男六女の子どもたちがいた。なお、長女の弥生は小学校教師となったが、父の文才を受け継ぎ詩作でも活躍して『冬の光―星弥生遺稿集』が刊行されている。太平洋戦争時は、軍需工場であった保土谷化学郡山工場へ徴用されたが、終戦の年のアメリカ軍による郡山市空襲で工場は壊滅状態になり、利雄は九死に一生を得た。戦後の利雄は、新飯野橋の袂で阿武隈の流れを見つめ、妻のサキと共に阿武隈川の釣り人相手の雑貨店羽田屋を営みながら農業に従事し、さらに作家として多彩な活動を展開したのである。

昭和二十三年（一九四八）五月、戦後の新しい文学運動の一翼を担った新日本文学会の福島県支部を佐藤民宝、安瀬利八郎、戸部砂池夫、公家裕たちと共に結成し、利雄は支部長に選ばれた。八月に発行された同支部の機関紙『福島人民文学』第一号を最近ようやく入手することができたが、それを見ると佐藤民宝の評論「芸術論の収穫」を冒頭に載せ、利雄の短篇「雷鳴」と編集後記も収録されている。この年、日本共産党所属の明治村（現福島市飯野町）村会議員となり、以後二期八年間在任した。新日本文学会福島支部が昭和二十五年に創刊した雑誌『駑馬』にも、利雄は評論「今日の文学的探求」を寄稿するなど、福島県内の文学活動の推進と組織化に尽力した。同年には、彼の短篇を収めた作品集『橋のある風景』が東京の冬芽書房から出版された。表題作の「橋のある風景」は冬芽書房の懸賞当選作で、四百数十篇の応募のうち、当選はわずかに四篇であった。戦争中は釣りに関する随筆などを書いていたが、戦後の彼は地元の新聞や雑誌に数多くの作品を発表、東京で刊行されていた『人民文学』や新聞にも幾篇かの小説を寄稿し、旺盛な執筆活動を展開したが、原稿のまま残されて未発表のものも多い。主要な作品としては「春浅き夜」「むかでママのたそがれ時に」「モグラの帽子とタヌキのえり巻」「大隈川流集館」が挙げられる。「春浅き夜」は、モスクワ放送から放送されたことがあるという。『日刊農業新聞』に連載した長篇「大隈川流集館」は、阿武隈河畔での利雄の実生活をかなり投影した小説で、たく

斎藤家の雑貨店（平成15年頃撮影）

まざるユーモアを湛え、作家としての並々ならぬ技量も明確に知ることのできる秀作である。彼の人生や人間に対する、温かな視線が感じられるのも好ましい。

飯野町生まれの郷土史家で『福島県史』の編纂執筆に携わっていた鈴木俊夫とは無二の親友で、利雄が郷土の歴史に材を得た小説を書くようになったのも彼の影響であろう。利雄は阿武隈川漁業共同組合理事・飯野支部長のほかに、飯野町文化財保護委員として白山遺跡発掘に参加し、飯野町史編纂委員も務めていた。昭和四十四年(一九六九)八月十六日、福島市の済生会福島病院で彼は病歿した。享年六六歳。絶筆は、「これを『石狩川』を著した本庄陸男《むつお》に捧げる」と記されている未完の小説「天明柏羽雀」であった。飯野町の三合内墓地に埋葬されたが、翌年、東京都青山墓地の解放運動無名戦士の墓にも合葬されている。

## 「橋のある風景」について

斎藤利雄の作品の中で、文芸史上特に高く評価されているのは「橋のある風景」である。「骨ぶとくひだのふかい阿武隈の谷間に、この橋はあたかもコンドル鳥がおおきくつばさをはったように、みごとな均斉をみせてかけられているのである。設計はゲールバー式とかいって、じつにすっきりとした近代的な橋梁で、さ霧のたちまよう村はずれの谷間に、ちからにみちた造形美をみせているのである。（略）そのつばさをはったような全橋梁をささえて、古代の力士像のようなかっ幅のよい太い橋脚が六本、脚を川岸の岩盤に埋めたり、青いめのう色のながれにひたしたりして、谷間の四季を送りむかえしているのである」という書き出しの一節からも窺われるように、イメージの喚起力に富んだ文体も美しい。私設の橋守を自認する主人公の人生は、作者自身のそれを想起させる。橋を舞台とした農民たちのさまざまな情景、朝晩温度差の軋《きし》みによって橋があたかも弔砲のように鳴り響く音、橋の周辺の風光、それらを素材としてこの小説は巧みに構成されている。さながら、画家が幾枚かのスケッチを基に構図を定め、一枚の風景画

新飯野橋

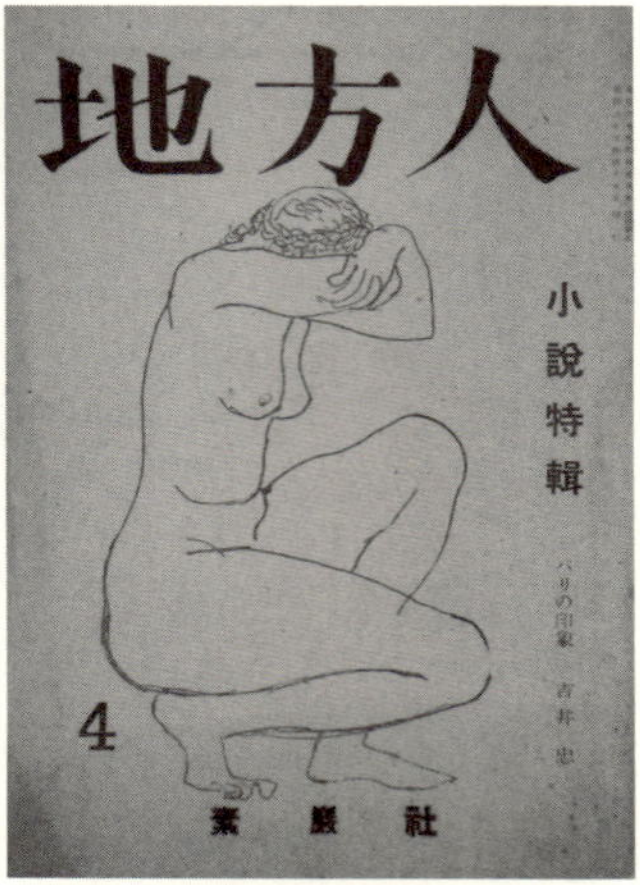

「橋のある風景」が載った『地方人』

を描いていくように。夫を橋梁工事の事故で亡くし、さらに従軍中に発狂して帰還した一人息子も橋から墜死して失ってしまった、貧しい老婆の悲しみや怒りが切々と胸を打つ。二人の死は、利雄の親族に実際に起こった悲劇であったらしい。もちろんこの橋は、平成十二年（二〇〇〇）の新橋完成に伴って解体されてしまった元の新飯野橋がモデルとなっている。戦前戦中の軍国主義全盛の社会に対する鋭い批判を、阿武隈川周辺の叙情的な描写の中にちりばめて、読後に深い余韻を残すのである。

この小説は最初、福島市内で発行されていた雑誌『地方人』四号に発表され、大幅な加筆の後、単行本に再録された。『地方人』掲載の「橋のある風景」では、声高な軍国主義批判は一切なく、すべては最後に弔砲のように鳴り響く橋の音に託されている。あたかも、葉山嘉樹の名作「セメント樽の中の手紙」が、少女の可憐な一通の手紙に、抑圧された階級の嘆きと怒りのすべてを託したように。改稿作の方は、遥かにスケールの大きな作品に仕上げられ完成度はきわめて高いが、生硬《せいこう》なイデオロギー表現が散見する。読解に際しては、二つの「橋のある風景」を検討する必要があろう。全集などに収録されているのは、もちろん改稿作の方である。なお、この作品は福島県教育委員会が選定した「ふくしま文学のふる里一〇〇選」にも選ばれている。

## 斎藤利雄の業績顕彰と研究の歩み

斎藤利雄は一時、まったく忘れられた作家であった。昭和五十年（一九七五）秋、遺族の協力を得て福島県立図書館は斎藤利雄展を開催したが、それをきっかけに再び注目され始めたのである。同時に、作家の岩藤雪夫を招いて『文芸戦線』時代の利雄についての講演会も行った。この時に作成された展示パンフレットは充実した内容で、現在でも基本研究文献の一つである。これらは、利雄の次女蕾子《らいこ》（戸籍上の表記はライ子）の、作家としての父親の業績を明らかにしたいという一途な思いに基づく調査によるところが大きく、翌年三月十五日付『東京新聞』夕刊などで作家の佐多稲子は、

『橋のある風景ー斎藤利雄作品集』

彼女の活動を好意的に紹介している。蕾子は福島県立図書館での展示会に合わせて、冬芽書房版『橋のある風景』の復刻版も刊行した。以上のような動向が契機となって小田切秀雄が利雄に着目し、家の光協会刊『土とふるさとの文学全集』に「橋のある風景」が収録になり、講談社刊『日本近代文学大事典』に紅野敏郎の執筆で彼に関する項目が登載されたりするようになった。昭和五十九年に第三回飯野町先人展として、斎藤利雄・鈴木俊夫二人展を飯野町公民館で開催。さらに、平成七年（一九九五）には遺族から福島県立図書館へ利雄の自筆原稿約二六〇〇枚が寄贈され、大切に保管されている。

平成十三年には、利雄の夫人サキと長男虔とが福島大学教授澤正宏の指導と協力を受けながら、代表作一〇篇と年譜などを収めた『橋のある風景―斎藤利雄作品集』を、東京の日本図書刊行会から出版した。小田切秀雄や澤教授の解説も収録されており、この「地の塩のような」作家再評価のための基本文献となっている。翌年四月、元の新飯野橋の袂に明治舟場記念碑が建立され、「橋のある風景」冒頭の一部も刻まれた。周辺は小公園になっており、橋の歴史と共に利雄の名作も末永く記念されることになったのである。

遺族宅には利雄の日記や創作ノート、戦後も交遊のあったプロレタリア作家時代の同志、細田民樹からの書簡などの資料が多数保存されている。福島県立図書館へ寄贈された未発表原稿と併せて、これらの資料の詳しい調査と作品の精読に基づいた本格的な斎藤利雄の研究は、今後の課題として残されている。

裏面に「橋のある風景」の冒頭が刻まれた「明治舟場記念碑」と小公園

# H氏賞事件と北川多紀

## 相馬出身の詩人北川多紀、怪事件の巻添えに

戦後詩壇を震撼させ、詩人の世界があたかも伏魔殿《ふくまでん》のごとき印象を世間に与えたH氏賞事件。詩史に残る一大汚点と喧伝《けんでん》されるこの事件の渦中で迷走する北川冬彦、そして彼の妻北川多紀の詩集『愛』に附された摩訶不思議な小冊子。多紀が相馬郡鹿島町（現南相馬市）の生まれだという事実を知ったことをきっかけに、彼女の詩集とH氏賞事件に関する証言資料を集中的に読んでみた。

## 何人か戸口にて誰かとさゝやく

西脇順三郎の邸宅の郵便受けに不審な速達葉書が届いたのは、昭和三十四年（一九五九）四月一日朝のことであった。その日が「（覆《くつがえ》された宝石）のやうな朝」であったかどうかは定かでないが、世に云《い》うH氏賞事件のプロローグである。

当時、西脇順三郎は日本現代詩人会幹事長であり、同会は詩壇の芥川賞ともいわれるH氏賞の選考に執りかかっていた。密告めいたその葉書の差出人は「一幹事」としか記されてなく、翌日神田のトミー・グリルで開催した第一回選考委員会の会場にも再び「一幹事より」という速達封書が届いた。取り扱い局は共に東京中央郵便局で筆跡も同じだった。二通の怪文書の告発内容は次のように要約できる。

H氏賞選考委員会開催通知文の中で、日本現代詩人会会員からのアンケート結果を基に有力候補として吉岡実『僧侶』、茨木のり子『見えない配達夫』、安水稔和『鳥』の三詩集を挙げたのは事前の選挙運動に当たりけしからん。アンケート結果も選考委員会の場で公開して集計し直せ。この不手際について順三郎と副幹事長の木原孝一の責任を問う。対処しないならば、新聞に真相を発表すると恫喝《どうかつ》。

H氏賞は北川冬彦ら一五名の日本現代詩人会の幹事が選考に当たっており、投書の内容も幹事しか知り得ないことが記されていた。犯人が内情に通じた人物であることは確実であった。混乱を回避するためであろうか、西脇順三郎は当初この怪文書を選考委員会で公表しなかった。しかし、第一回選考委員会において木原孝一が通知文の中で有力候補として三人の名を記したことは軽率であり誤解を招いたと陳謝し、アンケートについてもその場で公開され再集計の結果上位三点に相違はなかった。因みに第四位は北川多喜子（多紀）の詩集『愛』であった。

四月五日、三通目の「一幹事より」発信の速達封書が順三郎の私邸に配達された。取り扱い郵便局、筆跡も同前であった。その内容は第一回選考委員会で順三郎が、先の投書を公表しなかったことを越権行為だと激しく難詰するものであった。「小生に新聞など社会的機関において匿名投書H賞選衡の不明朗つまり幹事長並に木原孝一氏の越権と握り潰しの醜行為を指摘する文書を書かせないように貴下の良心ある責任の行動を御期待申し上げます」という不遜な脅迫文は、到底詩人の筆になるものとは信じ難い。

さらに驚くべきことは、それらの手紙の筆跡が小学校上級生程度の子どものものだったのである。誰が投書したかわからないようにするために子どもに代筆させるという、きわめて陰湿な手練手管《てれんてくだ》を弄する詩人が日本現代詩人会の幹事の中にいたということになる。子どもたちを問い詰めて犯人を告白させるような行為は憚《はばか》られ、それが真相究明をより一層困難なものにした。なお、その後の調査によると三通の投書の筆跡には相違があり、当初子どもの筆跡とされていたが大人の字らしく見えなくもないという。いずれにしても、真の投書主がばれないように誰かに代筆させたことは明らかである。

事ここに及んで西脇順三郎も已《や》むなく、四月六日開催の第二回選考委員会で三通の奇怪な投書を公表し朗読したところ、幹事の中には驚愕と失笑の輪が広がった。木原孝一は投書主が出席幹事の中にいることは明白なので、不服があればこの場で発言せよと迫ったが応答はなかった。そこで投書の件はさて置き、選考の進め方については問題がなかったことが承認され、前述のアンケート集計で二票以上獲得した詩集一三冊を候補作品として選考に移った。その結果、吉岡実『僧侶』七票、北川多紀『愛』五票、『吉本隆明詩集』一票で、『僧侶』が第九回H氏賞に決定した。順当な結果だと思う。順三郎は候補詩集を読んでいないという不可解な理由で棄権したが、苦渋の選択だったのかもしれない。

四月十九日、日本現代詩人会の定例会が行われ幹事改選により、順三郎に代わって北川冬彦が幹事長に就任した。新しい幹事会では投書の件はなかったこととし、きれいさっぱり水に流して心機一転、会の発展を目指して建設的な方向に進むことが確認された。醜悪な投書事件は久遠に封印され、これで一件落着になる筈であったのだが……。

吉岡実に対するH氏賞受賞式を含む「五月の詩祭」が開催された五月二十七日の『朝日新聞』学芸欄コラムに突然、この事件を暴露する記事が掲載されて世人の耳目を驚かせた。そのコラムは朝日新聞社に届いた「一幹事より」という匿名の投書を基に学芸部記者が書いたという。同様の投書は『産経新聞』へも送付されていたが、選考過程に疑念があるのでH氏賞の選考をやり直せ、という趣旨のものだったという。日本現代詩人会の内紛が白日の下に晒され、発足したばかりの新幹事会は責任を取って総辞職に追い込まれた。さらに、『現代詩手帖』『ユリイカ』などの詩誌が同事件を姦《かしま》しく報道したので、北川冬彦や草野心平たちを中心とする詩人グループの陰険な対立を露呈することになってしまった。そして、詩壇の一方の盟主であった北川冬彦はこのスキャンダルを契機として疎んじられていく。H氏賞事件と冬彦の関わりについて小田久郎は「北川の晩年は、それまでの栄光ある詩的生涯のすべてを反古にするいとも凄絶な戦いであった」(『戦後詩壇私史』新潮社　平成七)と評している。

## 軍港を内蔵してゐる、詩人北川冬彦

詩人に憧れ私が詩集を耽読し始めたのは、一六歳の時に伊藤整の自伝的小説『若い詩人の肖像』を読んだことがきっかけであった。作品の舞台になっている小樽の街や蘭島と忍路《おしょろ》の海浜を数日かけて歩き巡ったこともある。彼の通学した小樽高商旧校舎の一部や木造寮がまだ残っている頃で、風花の舞う小樽の街を詩人になった気分で半ば夢見心地に彷徨《さまよ》った。若き日の伊藤整の詩集『雪明りの路』は今でも、立原道造の

『萱草《わすれぐさ》に寄す』と共に愛惜して已まない。

北川冬彦の名を知ったのも『若い詩人の肖像』であった。進学のため上京した主人公はそこで冬彦と出会うが、その印象を次のように書いている。「私には北川冬彦という人間が、実にニガテであった。もの静かで、上品な話しぶりだが、近眼鏡の中の細い鋭い目や、青白くふくれたような丸い大きな顔や、そのぼうっとした態度には、妙な威圧感があった。彼の姿全体が、オレは重大な存在だ、それを認識しない奴は押しのけなければならん、という意志のようなものを、絶えず周囲に放射していた。彼の実在感は、その猫撫で声のような紳士風の言葉になく、沈黙の中に、自分の価値認識を強要するような、彼の身についている雰囲気にあった」。唐突なようだが冬彦の代表作「馬」の「軍港を内蔵してゐる」というフレーズがなぜか想い浮かぶ。

H氏賞事件が起こった当時、冬彦は同人詩誌『時間』を主宰しており同人の間では「北川先生」と呼ばれ、謂《い》うところの詩壇の大御所であった。彼の愛妻北川多紀の詩集『愛』も時間社から梓行された。『愛』の序文は西脇順三郎ら、跋文には小野十三郎らが名を連ね、さらに金子光晴ら当代の著名詩人など五一名の推薦文を別刷で附すという前代未聞の綺羅豪華な詩集だ。冬彦は第九回のH氏賞選考も担当しており、同じく担当の西脇順三郎、村野四郎、草野心平たちに戸別訪問まがいの根回しをしたという風聞も囁《ささや》かれていた。ところが彼の期待に反して『愛』は事前アンケートでも四位で、選考委員会開催案内通知文に列記の有力候補にも挙げられなかった。怪投書の主目的が『愛』を有力候補に復活させる点にあったことと、『朝日新聞』への投書が選考のやり直しを画策していたことに注目したい。直截《ちょくせつ》に言うと、横車を押してまで多紀にH氏賞を授与させたい者が怪投書の犯人なのだ。当然、疑惑の視線は冬彦と彼を「先生」と仰ぐ『時間』派系の詩人で、なおかつH氏賞選考委員だった者たちに向けられた。それに対し冬彦は、匿名投書という方法は穏当ではないがその告発内容は正当だと主張し、この事件は自分を陥れようとする陰謀だとまで言い募った。「その後、なにか不透明な空気がこの詩人の周囲に漂い、やがてそれは無気力な噂と忘却のまま消散し、この詩人は話題の俎上《そじょう》にものぼらなくなったというのが真相ではなかろうか」と樋口覚は「北川冬彦論」(『都市モダニズムの奔流』翰林書房　平成八)で述べている。

ポエムの世界への手引きとして三好達治『卓上の花』と北川冬彦『詩の話』は共に

絶好の名著で、私の少年時代の文字通り枕頭の書でもあった。生意気なもの言いだけれど戦前までの冬彦の、詩想を極度に凝縮して斬新な表現を駆使する詩篇には惹かれるものがある。その冬彦が戦後の詩壇の「先生」としての業績も含めて現在、なぜか疎んじられている事由が那辺《なへん》にあったのか、それとなくわかってきたようだ。

## 東北の寒村に生まれた詩人北川多紀

北川多紀が相馬郡鹿島町（現南相馬市鹿島区）の生まれであることを知ったのは『福島県詩史年表』（福島県現代詩人会　平成十五）による。多紀の詩集『愛』の略歴には「福島県の太平洋寄りの一寒村に生れた」とあり、『女の桟《かけはし》』収録の彼女が故郷を回想しつつ書いたと推測される散文詩「丸型の淵」には次のような一節がある。「東北の山奥のその部落は、細長く、南と北に一里ぐらいの長さの間に、百戸ばかりの小さな農家が立ち並んで、真中を川が流れています。水なし川と名がついているほどで、水は殆どありません」。水無川というと旧原町市のそれが有名だが、『鹿島町史』第六巻によると鹿島区にも同様の伝説がある。鹿島の小池地区を貫流する上真野川を地元の人たちは、水無川と呼んでいるという。さらに『女の棧』の中の「封建の村」には「思い出の土地は　川と丘と　雑木林と墓地と　農家ばかりの　縮んでいる封建の村」と記されている。

多紀は明治四十五年（一九一二）五月七日に出生。平成二十年に出版された『現代詩大事典』（三省堂）では未だ現存していることになっており、やや不審に感じていたところ、南相馬市在住の詩人若松丈太郎氏からEメールで、彼女の出自に関する重要な情報を報知いただいた。同氏の許諾を得てその私信の一部を転写させていただく。なお、文中の田畦《たぐろ》は結婚後の多紀の本姓である。

北川多紀は、相馬郡上真野村小池（現在、南相馬市鹿島区小池）林蔵治郎の妹サキイと確定してよさそうです。したがって、本名は林（結婚後は田畔）サキイということになりましょう。詩集『愛』奥付の作者略歴に「本名田畦佳代子」とありますが……。

詩集『女の棧』の中の「丸型の淵」を手がかりに小池を三度訪ね、また、さまざまな人に聞きました。

今日、林家をはじめて訪問しました。冬彦の葬儀には家人が臨席したそうですが、夫人の葬儀の知らせはなかったとのことです。

林家は上真野川の北岸にあって、後ろに丘陵を背負っています。上真野川が平地に出て氾濫原を形成しているあたりです。『女の棧』の「丸太ン棒」という作品の末尾に「わたくしは翌朝、目が醒めるなり、裏山の水神さまの祠へお参りに出かけました」とあります。その「水神さまの祠」への鳥居が屋敷のすぐ東にあって、道もない急坂を登ったところにそれはありました。わたしは、これで「確かだ！」と確信しました。

再三にわたる実地踏査を基にした劇的な情報を提供いただいた、若松丈太郎氏に深く感謝申し上げる。

さらに若松氏は、平成二十二年二月発行『新現代詩』第九号に「北川多紀とそのふるさと」を発表された。これによって彼女の出自と経歴に光が当てられ、亡くなったのは平成十二年（二〇〇〇）九月二十四日であったことも判明した。多紀の詩集の深い読みは、詩人の若松氏ならではのものであり、ぜひ参照していただきたい。

多紀は娘時代に詩作を密かに手習いしたことがあるという。昭和十三年（一九三八）二月、十二歳年上の北川冬彦（本名、田畦忠彦）と結婚、冬彦は再婚であった。本名田畦佳代子。ペンネームは当初北川多喜子、のちに多喜、多紀と変更した。本名も結婚前はサキイだが、彼女は気学に凝っていたので、それに従って本名とペンネームも幾度か変えた可能性がある。昭和二十九年、冬彦の主宰する時間社の詩誌『時間』へ参加。第二回と六回の北川冬彦賞を受賞。詩集として『愛』『女の棧』の二冊を残した。冬彦は映画批評やシナリオの分野でも活躍したが、夫を助けてシナリオ研究会や時間社の実務を多紀は担当していた。『愛』の略歴には「シナリオ研究十人会主宰「シナリオ新泉会」代表」とある。

冬彦の最も詳しい年譜は『北川冬彦全詩集』（沖積舎　昭和六十三）所収のものだが、多紀については南方戦線から帰還した時に妻へ土産としてシンガーのハンディミシンを購入したとか、妻を伴って海外旅行へ行ったとかいう愛妻譚ばかりだ。詩集の印象では幻想性が強く病弱な感じだが、周田幹雄「北川夫人のこと」や黒羽英二「北川冬彦と「時間」とその頃の私」（二つ共、平成二十年一月発行『新現代詩』第三号に掲載）を読むと、多紀は勘が鋭く世話好きだが、癇性《かんしょう》の強い女性であったらしい。冬彦の詩「生」「愛情抄」「悪夢　五」「愛撫」には「妻」が登場する。

北川冬彦、多紀の夫妻は現在、多磨霊園に永眠している。また、多紀の詩「危機」の自筆原稿が世田谷文学館に所蔵されている。

## 詩集『愛』と『女の棧』

北川多喜子（多紀）詩集『愛』は昭和三十三年（一九五八）十二月二十九日、時間社から刊行された。二三・五×一六・五センチメートル《センチメートル》、六八頁。紙装、糸中綴じ。別刷小冊子と帯附。装幀、原安佑。林武のデッサンを二枚掲載。多紀の散文詩一五篇を収録。序文、西脇順三郎、深尾須磨子。跋文、井伏鱒二、小野十三郎、今村太平、田中澄江、大江満雄。あとがきは冬彦と多紀。

古本屋でこの詩集を見つけることはさほど困難ではないが、別刷小冊子『北川多喜子を理解するために（各界諸家推薦の言葉）』（A5判、九頁）が挟み込まれているものは少ないようだ。これには五一名の推薦文を収録。一五篇の詩作に対して、序跋文及び別刷附録と帯記載を総計すると約六〇篇の讃辞で埋め尽くされている奇天烈な本だ。詩壇における冬彦の威光と言うべきか、はたまた冬彦の多紀に寄せる愛の深さと言うべきか。別刷に推薦文を寄稿した各界の著名人五一名の中には、詩人や作家が多い。武田泰淳、三好達治、村野四郎、草野心平、北園克衛、金子光晴、高橋新吉、安西均、渋川驍、真壁仁、ほか。西脇順三郎は序文で「最初にあげられている「愛」という詩はダンテもスタンダールもグルモンもローレンスも驚くことである」と述べ、北園克衛は別刷で「「時間」が永い間主張してきたネオ・リアリズムの理論が非常にフレクシブルに肉化されて、散文詩としてのスタイルを完成している」という深遠な讃辞を呈している。とまれ、この詩集のタ

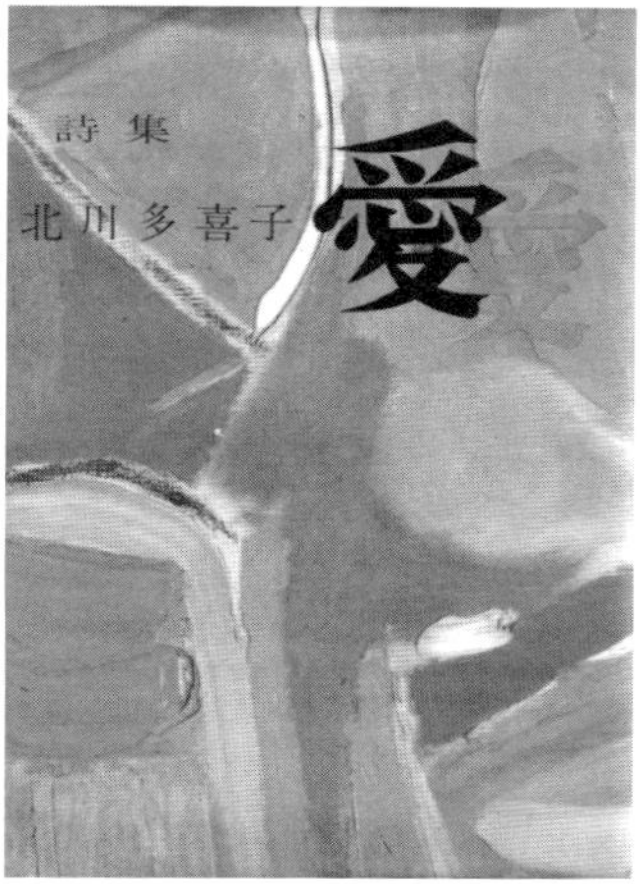

北川多紀詩集『愛』

イトル詩「愛」を読んでみよう。なぜ、この詩篇が「愛」なのか?

わたくしは飛び立つ大きな烏《からす》の二本の脚を夢中でつかみました。わたくしは烏が利口なのを知っていてかねてから烏を飼いたいと思っていたのでうれしくなってしまいました。ところが、わたくしの足は地を離れはじめるのでした。驚いてわたくしが見上げますと、わたくしは二羽の烏の脚を両手に一本ずつ握っているのです。黒いはばたく烏のつばさで、あたりは暗く何も見えません。私は二羽の烏にぶら下がってどんどん闇黒の上空へ舞い上がってゆくようです。わたくしは恐ろしくなって、手を離しました。墜落するわたくしは気を失ってしまいました。

手ひどい腰の衝撃にふとわれに返りますと、わたくしは高い松の木の上の烏の巣の中に落ちていました。やがて数知れない烏がわたくしに襲いかかってきました。髪も顔も手も腿《もも》も、ところきらわず、嘴《くちばし》で突つかれ、脚で蹴上げられ、血まみれになりながらたたかうわたくしの叫び声を人ごとのように遠方に聞きつつ、わたくしは、また気を失ってゆきました。そのとき、わたくしは破れた真っ黒なうちわを一本手に入れ、これでことしの夏はどうやらしのげるわ、と思ったのをかすかに覚えています。

やたら「わたくし」を連発するのはこの詩集全体の特徴の一つだが、やはり冗漫で目障りだ。へたうまなのか稚拙なのか意味深なのか素朴なのか、私にはどうもよくわからない詩篇が多い、というのが偽らざる感想だった。しかし今夏、この詩集を幾度か読み返しているうちに、仄かな不安と狂気を孕んだ反日常の世界へいつしか揺落してしまったことも事実だ。『愛』は「夢の詩集」である。結婚後、病弱だった多紀がいつも見る夢や幻覚を悪魔祓いとして書き留めたのがこれらの散文詩だという。書くことによって彼女の心身は浄化され健康を回復した。それを記念して冬彦がまとめたのが、この詩集なのだ。本書が二人の「愛の詩集」でもある所以《ゆえん》だ。

もう一冊の詩集『女の棧』は昭和五十三年（一九七八）一月七日、時間社から刊行。二四×一七《センチメートル》、本文一三二頁。角背上製。スピン、カバー、帯附。装幀者名記載なし、扉絵と挿絵は妹尾正彦。序文、井上靖。跋文、田辺茂一。あとがきは多紀。

あとがきで彼女は「第一詩集からまる二十年振りのものですので、詩風は第一詩集のように纏《まと》まってはいません。だいたい、書きました順に並べることにいたしましたが、『愛』の延長に対して詩風を一変したり、H氏賞事件への結着のものであったり、出来るだけわかりやすい書き方になったり、安住したくない思いの二十年でありました」と述べている通り、七部に分けた多様な内容で構成されている。散文詩というよりもエッセーのような作品や、萩原朔太郎、横光利一、志賀直哉たちの思い出に材を得た作品も収録されている。

詩集冒頭の作品は「愛馬」。「仔馬」という詩もあり表紙とカバーの白馬の絵が気にかかる。作家の森敦は青年の頃から北川夫妻に親炙《しんしゃ》していた。彼の回想「更に更にお祝いの日を」「創刊四〇〇号」(『森敦全集』第八巻)を読むと、詩誌『時間』の四〇〇号を記念した表紙も多紀の意向で馬の絵だったそうだ。同号に載ったらしい作品を取

北川多紀詩集『女の桟』

り上げて「多紀夫人の「馬の幻像」は楽しかった、まるで白馬に乗って通う子供の頃の多紀夫人が見えるようである」と森敦は書いている。相馬野馬追の地、相馬地方で過ごした彼女の少女時代の思い出がそれらに揺曳しているのであろうか。

## 摩訶不思議な詩人の世界

H氏賞事件の主謀者はもちろん北川冬彦ではない。北川多紀はむしろ痛ましい被害者とも言える。しかし、「北川先生」の心中を忖度《そんたく》した『時間』派系の詩人で、なおかつ日本現代詩人会の幹事としてH氏賞の選考に当たった者の中に、怪文書の投書者がいたことは間違いない。選考委員会で『愛』へ票を投じた五人の中にいた可能性が高い。

しかし、そんな些事より私がよっぽど摩訶不思議に感じたのは、『愛』に附された別刷小冊子『北川多喜子を理解するために（各界諸家推薦の言葉）』の方だ。差し障りのない綺言麗語でお茶を濁した者もいるけれど、大勢としては詩壇こぞって『愛』を賞讃しておいて、実際には事前アンケートでは四位。西脇順三郎に到っては、候補詩集を読んでいないという理解し難い理由で選考を棄権してしまった。自分が序文を寄稿した詩集まで読んでいないの？　と半畳を入れたくなるが、幹事長として老獪な世俗智の選択だったのではあるまいか。

伊藤整や立原道造たち詩人のピュアな世界はどこへ消えたのか、などと青臭い台詞を嘯《うそぶ》くつもりはさらさらない。詩人や作家、芸術家にとっては作品がすべてなのだ。彼らにとって実生活での権謀術策、阿諛《あゆ》追従などはどうでもよい筈だ。そう割り切れば、あの別刷小冊子の件も些事に過ぎないのだろうけれど、でもなんだかなあ——。

# あとがき

拙宅の私設コレクションをポチ文庫と称する。愛犬のダックスフント、ポチ君に因んで付けたもので、福島県関係の古い詩誌・詩集等の文芸資料や地域史資料を中心とした雑多なコレクションだ。けっこう稀覯《きこう》文献も多く、県内の文学館・博物館・美術館などの企画展へ度々出陳され、図録に書影が掲載されたこともある。また、出版社や研究者の方たちにも利用していただいている。

この本の執筆に当たっては、自慢のポチ文庫をフルに活用したことは言うまでもない。写真を掲載した明治大正期の絵葉書や古書・雑誌など、ほとんどがポチ文庫所蔵の資料である。文学碑などの写真も文学散歩で訪れた時に筆者が撮影したものだが、下手なのはそのせいである。

なお、本書の執筆依頼があってから締め切りまで短期間であったため、文芸同人誌

『舢板《サンパン》』『福島自由人』『であい』、及び『水野仙子四篇』『飯野町史』などへ発表した拙稿を改訂し、さらに新たに書き下ろした原稿を加えて全体の統一を取りつつ構成したことをお断りしておく。また本文中、まことに失礼ながら原則としてお名前の敬称は省かせていただいた。

末筆で恐縮だが、発表の機会を与えてくださった歴史春秋社の阿部隆一社長と、不慣れな筆者をきめ細かくサポートしていただいた編集担当の加澤亜也奈さんに、深く感謝の意を表する。また、自称フリーライター生活を支えてくれている荊妻の広子と家族にも世話になった。

ポチ文庫の書架と続きになっている二階の書斎の窓からは東南に信夫山、西に吾妻山を眺望できる。晩秋の一日、その小さな書斎で初孫の樹希《いつき》君のはしゃぐ声を聞きながらこれを記した。

# 参考文献

本文中で引用及び参考とした文献は、できる限りその箇所に記しておいた。それ以外で、参考とした主な文献は次の通りである。

＊図書


『別冊太陽　森鷗外』平凡社　二〇一二年
『森茉莉かぶれ』早川茉莉　筑摩書房　二〇〇七年
『別冊太陽　泉鏡花』平凡社　二〇一〇年
『磐中物語1』荒川禎三　磐中物語刊行会　一九七七年
『宮沢賢治の世界展』朝日新聞社　一九九五年
『新宮澤賢治語彙辞典』原子朗　東京書籍　一九九九年
『賢治短歌へ』佐藤通雅　洋々社　二〇〇七年
『宮澤賢治と幻の恋人』澤村修治　河出書房新社　二〇一〇年

『折口信夫』石内徹　勉誠出版　二〇〇三年
『斎藤利雄展』福島県立図書館　一九七五年
『資料・現代の詩』日本現代詩人会編　講談社　一九八一年
『信夫』歴史春秋社　二〇一〇年

＊雑誌
『宮沢賢治学会イーハトーブセンター会報』四一号　二〇一〇年九月
『現代詩手帖』一九五九年七月号、九月号、十一月号

著者略歴

菅 野　俊 之（かんの　としゆき）

1947年生まれ

福島市在住のフリーライター。自宅のポチ文庫資料を使って執筆活動に当たっている。元福島県立図書館司書。現在は福島学院大学非常勤講師として文学演習を担当。宮沢賢治学会イーハトーブセンター会員

著　作　編著書『福島県主題書誌総覧』『水野仙子四篇』ほか。執筆分担書『飯野町史』『美のおもちゃ箱』『信夫』ほか多数

歴春ふくしま文庫 ㉙

ふくしまと文豪たち
— 鷗外、漱石、鏡花、賢治、ほか —

---

2013年2月20日第1刷発行

著　者　菅 野　俊 之

発行者　阿 部　隆 一

発行所　歴史春秋出版株式会社
〒965-0842
福島県会津若松市門田町中野
TEL　0242-26-6567
http://www.knpgateway.co.jp/knp/rekishun/
e-mail　rekishun@knpgateway.co.jp

総販売代理店　福島県図書教材株式会社

印刷所　北日本印刷株式会社

製本所　ナショナル製本協同組合

---